PHILIP KIEFER

SHERLOCK HOLMES'

ADVENTSKALENDER
DER LOGIKRÄTSEL

In 24 Rätseln auf Verbrecherjagd durch England

24 LOGIKRÄTSEL

SPANNENDER RÄTSELSPASS MIT SHERLOCK HOLMES

Seien Sie herzlich willkommen! Ihr aufmerksamer Verstand und Ihr logisches Denkvermögen haben sich bereits herumgesprochen. Auch dem berühmten Meisterdetektiv Sherlock Holmes und seinem stets hilfreichen Gefährten Dr. Watson sind Ihre Fähigkeiten zu Ohren gekommen. Die beiden laden Sie deshalb ein, sie bei drei spannenden Kriminalfällen zu begleiten und zu unterstützen. Ihre Rätselreise führt Sie ins viktorianische England, das Ende des 19. Jahrhunderts das politische, wirtschaftliche und kulturelle Zentrum eines Weltreichs bildete. Aber aufgepasst: Bei den drei Fällen bekommen Sie es mit hinterhältigen Mördern, geheimnisvollen Serienkillern sowie Professor James Moriarty, dem allergefährlichsten Kriminellen überhaupt, zu tun!

Betreten Sie in der Londoner Baker Street 221B die gemeinsame Wohnung von Sherlock Holmes und Dr. Watson. Von gemütlichem Verweilen bei einer Tasse dampfenden Tees jedoch keine Spur! Denn sofort erwartet Sie der erste Kriminalfall: Es handelt sich um die mysteriösen Todesumstände in einer hochgestellten Londoner Familie. Laut Aussage des Arztes starb der Lord eines natürlichen Todes. Aber vielleicht war es ja doch Mord, wie Lady Emma vermutet? Sherlock Holmes und Dr. Watson ermitteln und haben Sie, werte Leserin, werter Leser, zur tatkräftigen Unterstützung an ihrer Seite.

Für den zweiten Kriminalfall brauchen Sie wirklich starke Nerven. Denn er führt Sie in die neblige Moorlandschaft von Dartmoor, wo es Sherlock Holmes in einem früheren Fall mit dem Hund von Baskerville zu tun hatte. Doch dieses Mal werden der Reihe nach einige freundliche ältere Ladys erdrosselt. Sherlock Holmes übernimmt die Ermittlungen – mit Dr. Watson und Ihnen an seiner Seite. Sie werden nicht nur frösteln, weil Sie des Nachts durch kalte, neblige Moore marschieren, sondern garantiert auch eine Gänsehaut bekommen, weil Sie dem Bösen selbst begegnen. Werden Sie auch diese Herausforderung meistern?

Beim dritten Kriminalfall sollten Sie nicht nur einiges im Kopf, sondern auch in den Beinen haben. Denn es erwartet Sie unter anderem eine Ganovenjagd durch die dunklen Gassen Londons und durch seine unterirdische, düster-verwinkelte Kanalisation. Begegnen Sie in diesem Abenteuer nicht nur typischen Londoner Schurken, sondern auch den gefährlichsten Gegenspielern von Sherlock Holmes, nämlich dem kriminellen Genie Professor James Moriarty und seiner skrupellosen rechten Hand Sebastian Moran. Bringen Sie trotz aller Widrigkeiten den verlorenen Sohn zurück zu seiner verzweifelten Mutter?

Für die Lösung der drei Kriminalfälle haben Sie jeweils acht Tage Zeit. Jeden Tag erwartet Sie eine spannende Story mit den Hauptfiguren Sherlock Holmes und Dr. Watson, eingebettet in den Hintergrund der Viktorianischen Zeit. Um bei der Lösung des jeweiligen Falles weiterzukommen, lösen Sie außerdem täglich ein kniffliges Rätsel. Dafür brauchen Sie mindestens so viel Grips wie Sherlock Holmes!

Wir sorgen auch für greifbare Spannung! Die Rätselseiten haben wir ganz im Sinne eines Adventskalenders versiegelt. Öffnen Sie jeden Tag ein neues „Rätsel-Türchen" mithilfe eines Messers, Brieföffners oder einer Schere.

Doch genug der langen Vorrede. Sherlock Holmes und Dr. Watson erwarten Sie bereits in der Baker Street. Versetzen Sie sich nun in das London am Ende des 19. Jahrhunderts, das damals mit rund sechs Millionen Einwohnern die mit Abstand größte Stadt der Welt war, ein Sammelpunkt der Lords, Intellektuellen und Erfinder, aber auch ein Moloch der Kriminellen und gefährlichen Ripper.

Wir wünschen Ihnen vergnügliche Rätselstunden mit feinem Geist, viel Grips und einer Prise Gänsehaut!

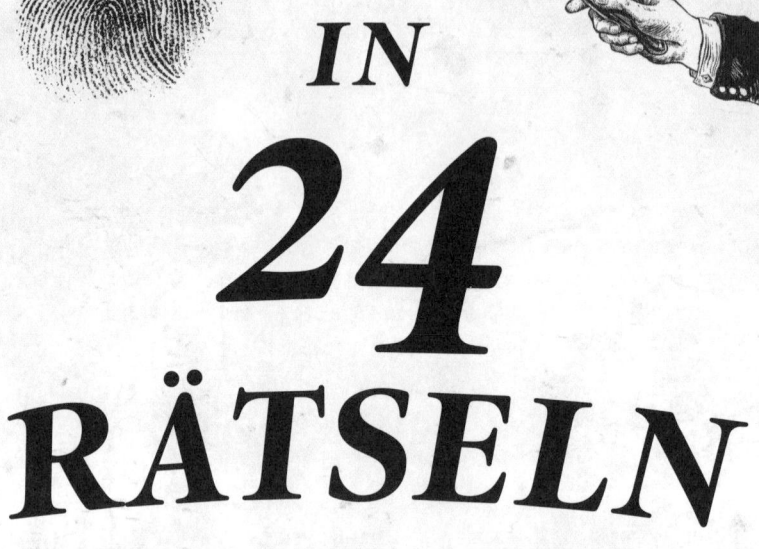

IN
24
RÄTSELN

AUF VERBRECHERJAGD
DURCH ENGLAND

»Nein, Holmes! Nein, nein und nochmals nein!
So geht es nicht weiter!«

»Mein lieber Watson, was ist Ihnen denn so sauer aufgestoßen,
dass Sie mich bei meinen logischen Gedankengängen stören? Auf eine
solche Weise spricht man nicht mit einem Sherlock Holmes!«

»So? Nicht? Sie genialer Kriminalist! Dann ändern Sie endlich
Ihren Lebenswandel! Seit mehreren Wochen belagern Sie das Sofa,
umarmen ihre Violine, blättern in vergilbten Dokumenten, schwelgen in
vergangenen Fällen. Und Sie machen so viel Schmutz und Unordnung,
dass Mrs. Hudson, die gute Seele dieses Hauses, nahe der Verzweiflung
ist. Und was habe ich zu tun? Ich lese Ihnen die neuesten Artikel
aus der Zeitung vor. Gibt es denn keinen aktuellen Fall,
der Sie in den Bann ziehen könnte?«

»Nein, Watson, keinen. Simple Messerstechereien, Erpressungen und
Betrugsfälle reizen mich einfach nicht. Für die einfachen Fälle ist Scotland
Yard zuständig. Diese sind eines Sherlock Holmes nicht würdig. Jedoch,
den Artikel über den Tod von Admiral Lord Stratham, den Sie mir heute
Morgen vorgelesen haben, finde ich plötzlich interessant.«

»Hm ...«

»Und übrigens, Watson. In etwa 19 Sekunden wird jemand mit sehr
zarten, arbeitsscheuen Händen an die Tür klopfen. Eine trauernde
Person, wie ich an den behutsamen Schritten höre. Es würde mich
nicht wundern, wenn es Lady Emma Stratham wäre.«

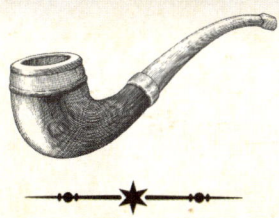

SHERLOCK HOLMES
UND DER TOTE ADMIRAL

WAR ES MORD?

»Ihr Vater war ein ehrbarer Mann, Lady Emma. Seien Sie unserer Anteilnahme versichert. Aber was führt Sie zu uns in die Baker Street 221B? Dr. Watson hat mir aus der Zeitung vorgelesen, dass der hochgeschätzte Admiral Lord Stratham, Ihr Vater, eines natürlichen Todes gestorben sei. Er war doch schon länger herzkrank?«

»Ja, Mr. Holmes, alles deutet auf einen natürlichen Tod hin. Auch sein Arzt, der ihn schon länger behandelte, hegte keine Zweifel, als er ihn des Morgens tot in seinem Bett liegend vorfand. Aber ich ... nun, mein Vater ... er deutete nur wenige Tage vor seinem Tod ein dunkles Geheimnis an. Ach, helfen Sie doch, Mr. Holmes, geben Sie mir Gewissheit! Können Sie und Dr. Watson nicht mit mir nach Kensington kommen und den Tod meines Vaters untersuchen?«

»Er deutete ein dunkles Geheimnis an, sagen Sie?
Wir kommen mit Ihnen, Lady Emma!«

DAS TOTENBETT

»Hier also wurde Ihr Vater tot aufgefunden?
Um wie viel Uhr war das und wer fand ihn?«

»Rupert, unser Butler, pflegte meinen Vater jeden Tag um 7 Uhr zu wecken. So war es auch an jenem Morgen. Er fand ihn leblos und rief sofort den Arzt, Dr. Bellamy. Der konnte nur noch den Tod meines Vaters feststellen.«

»Ging es Ihrem Vater denn gut, als er zu Bett ging?«

»Nicht wirklich, Mr. Holmes ... Mein Vater klagte nach dem Abendessen erst über Herzrasen, was sich aber nach einiger Zeit mit schwerer Atmung ins genaue Gegenteil verkehrte, weshalb er sich baldig zu Bett begab.«

»Ach, Herzrhythmusstörungen? Lady Emma, weisen Sie Dr. Watson und mir doch bitte den Weg in die Küche!«

1

DAS GEHEIMNIS DER SECHS GLÄSER

»Wie ich es mir gedacht hatte, Watson. In diesen sechs Gläsern wurden beim letzten Abendessen Lord Strathams die Getränke serviert. Sie sehen auf den ersten Blick alle gleich aus. Doch mit einem von mir entwickelten chemischen Verfahren kann ich selbst winzigste Spuren von Gift nachweisen. Ein Glas unterscheidet sich von den anderen. Kennen Sie Lily of the Valley, Watson?«

»Lily of the Valley? Sie sprechen in Rätseln, Holmes!«

Durch sein chemisches Verfahren entdeckt Sherlock Holmes, dass Lord Stratham mit einem Pflanzengift ermordet wurde. Aber um das Gift welcher Pflanze handelt es sich? Der Pflanzenname steht bei demjenigen Glas, das sich in einem winzigen Detail von den anderen unterscheidet.

Engelstrompete

Herbstzeitlose

Maiglöckchen

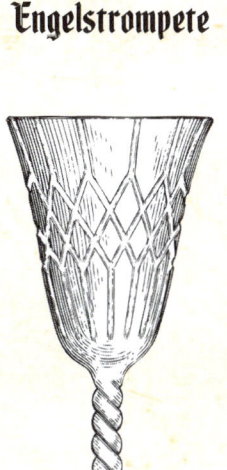
Tollkirsche

Christrose

Eisenhut

TÖDLICHE ZUTAT

»Wie lange arbeiten Sie bereits als Küchenmädchen in diesem Hause,
Ms. Kingsley?«

»Acht Jahre schon, Mr. Holmes.«

»Und die Gläser werden in der Küche mit den Getränken gefüllt?
Der Butler Rupert trägt sie dann in den Speisesalon?«

»So ist es normalerweise, Mr. Holmes.«

»Normalerweise? Was heißt das? Ms. Kingsley, jede Kleinigkeit
kann wichtig sein!«

»Na ja, an dem Abend, bevor Lord Stratham tot aufgefunden wurde, hatte
sich Rupert freigenommen. Irgendeine seiner Liebeleien, denke ich. Deshalb
habe ich selbst die Getränke eingeschenkt und in den Speisesalon getragen.
Der Lord wünschte stets nur ein halb volles Glas.«

»Nur ein halb volles Glas? Interessant! So also konnte der Mörder oder die
Mörderin feststellen, welches Glas für Lord Stratham bestimmt war. Und
Sie waren beim Tragen der Getränke zu keinem Zeitpunkt abgelenkt,
Ms. Kingsley? Sie haben die Getränke in der Küche eingeschenkt
und sie dann direkt in den Speisesalon getragen?«

»Ja, natürlich ... oder: nein! An dem Abend gab es eine seltsame Begebenheit.
Als ich das Tablett gerade durch den Flur trug, schepperte es laut
in der Küche. Ich stellte das Tablett mit den Getränken auf einem
Tischchen ab und schaute nach.«

»Ach so? Also waren die Getränke für kurze Zeit unbeaufsichtigt
und jemand konnte dem Glas des Lords Gift hinzufügen. Und was
war die Ursache für dieses Scheppern?«

2

EIN TIER IN DER KÜCHE

*»Das ist zuvor wirklich noch nie vorgekommen, Mr. Holmes,
das schwöre ich!«*

»Was denn, Ms. Kingsley?«

»Na, das mit dem Tier!«

*»Also ein Tier hat das Scheppern in der Küche verursacht?
Und was für eines?«*

Ms. Kingsley ist es recht peinlich, dass sich in ihrer
Küche ein Tier aufhielt. Finden Sie in dem Küchenbild
drei Buchstaben und bilden Sie daraus den englischen
Namen des Tieres.

DAS WIE UND DAS WARUM

»Watson, bitten Sie Lady Emma in den Salon! Nun da wir wissen, wie Admiral Lord Stratham ermordet wurde, wollen wir das Warum klären. Denn das Wie und das Warum zusammen liefert meist den Mörder.«

»Sehr wohl, Holmes. Doch gestatten Sie mir die Bemerkung: Wenn es wirklich Gift war - spricht das nicht eher für eine Mörderin?«

»Nun, wir werden sehen, Watson, wir werden sehen.«

»Erinnern Sie sich, Lady Emma! Auch scheinbar Unwichtiges kann zur Klärung dieses abscheulichen Verbrechens beitragen, das an Ihrem Vater begangen wurde. Ein kurzer Besuch in der jüngeren Vergangenheit, ein Brief ...«

»Oh ja, Mr. Holmes, jetzt da Sie es erwähnen: Tatsächlich hat mein Vater einige Tage vor seinem Tod einen Brief erhalten. Ich weiß nicht, von wem er kam. Mein Vater hat recht heftig auf den Brief reagiert. Ihm stand der Schweiß im Gesicht, als er ihn las. Und er murmelte etwas wie: ›So holt mich die Vergangenheit nun also doch ein.‹«

»Wo ist dieser Brief, Lady Emma?«

»D...d...das weiß ich nicht. Mein Vater muss ihn versteckt haben. Ich habe den Brief nicht mehr zu Gesicht bekommen.«

»Watson, dann liegt es an uns. Wenn dieser Brief noch existiert, müssen wir ihn finden. Ich möchte meine Violine verwetten, dass er etwas mit dem Tod des Admirals zu tun hat.«

3

DAS GEHEIME VERSTECK

»Nichts, Holmes. Wir haben sämtliche Möbel durchsucht. Sogar auf dem Fußboden bin ich herumgekrochen, um zu sehen, ob dieser mysteriöse Brief vielleicht dort liegen möge. Aber nichts, Holmes, nichts!«

»Geben Sie nicht so schnell auf, Watson! Ja, Sie haben auf dem Fußboden gesucht – aber noch nicht unter dem Fußboden. Nicht selten befindet sich unter einer lockeren Diele ein hervorragendes Versteck für allerlei Geheimnisse. Los, suchen wir gemeinsam!«

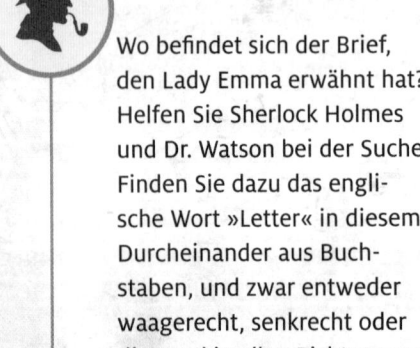

Wo befindet sich der Brief, den Lady Emma erwähnt hat? Helfen Sie Sherlock Holmes und Dr. Watson bei der Suche! Finden Sie dazu das englische Wort »Letter« in diesem Durcheinander aus Buchstaben, und zwar entweder waagerecht, senkrecht oder diagonal in allen Richtungen.

L	T	E	R	L	E	T	T	E	E	R	L	R	T	E
E	R	E	L	L	L	R	T	T	E	T	L	E	R	T
R	E	E	R	E	T	L	L	R	L	R	T	E	T	L	E
T	L	T	R	T	R	E	T	R	L	T	R	E	R
E	R	E	R	E	L	L	T	T	L	E	L	T	R	E
L	E	R	T	L	E	R	R	L	E	R	E	L	T	T
R	L	T	T	E	T	E	E	R	L	L	R	E	T	E
T	L	R	L	E	R	R	E	E	E	R	R	L	E	T
E	R	L	L	T	E	T	R	T	R	E	R	T	T	L
L	T	E	L	R	R	E	E	R	T	L	T	E	T	T
T	R	T	T	E	R	R	T	R	T	E	R	T	R	E
L	E	E	T	R	T	E	T	E	L	T	T	E	L	L
E	R	T	E	R	T	R	E	T	E	R	E	T	R	R
T	L	L	L	R	T	T	L	R	L	E	T	L	E	R
R	T	E	R	T	L	R	E	E	T	L	R	E	T	L

4

EIN BRIEF WIRD ENTDECKT

»Nehmen Sie dieses Messer, Watson! Heben Sie das lockere Brett an. Ja, weiter, weiter! Ich sehe bereits, wie der Brief zum Vorschein kommt. Gut gemacht, Watson! Nun wollen wir uns an diesen Tisch des Salons setzen und in aller Ruhe den Brief lesen. Ich bin der festen Überzeugung, er wird uns Anhaltspunkte dafür liefern, warum Admiral Lord Stratham sterben musste. Bitten Sie doch Lady Emma, sich zu uns zu gesellen!«

»Lady Emma, das ist doch wohl der Brief, den Ihr Vater kurz vor seinem Tod empfangen hat?«

»Form und Farbe passen, sodass ich denke, es ist der Brief. Dazu muss ich Ihnen aber noch etwas mitteilen. Mein Vater war, vielleicht bedingt durch seine hohe Position bei der Royal Navy, sehr vorsichtig. Er vereinbarte mit anderen Personen oft Geheimcodes, mit denen diese ihre Botschaften an ihn verschlüsseln sollten. Vielleicht ist dies auch beim Brief der Fall, den Sie in Händen halten, Mr. Holmes?«

»Entfalten wir den Brief und lesen wir ihn. Geheimcodes bereiten einem Sherlock Holmes in der Regel keine Schwierigkeiten.«

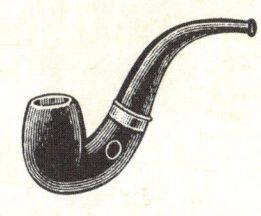

4

DIE VERSCHLÜSSELTE BOTSCHAFT

»Ja, es ist so, wie Sie sagten, Lady Emma. Die Botschaft ist verschlüsselt. Aber ich muss gar nicht lange nachdenken, sondern kann Ihnen die Botschaft direkt vorlesen. Geht es Ihnen ebenso, Watson?«

»Ähm, nein, Holmes. Ist das nicht nur ein Buchstabenwirrwarr?«

»Lieber Watson, Sie enttäuschen mich ein wenig. Entfernen Sie einfach Buchstaben, die nicht dazugehören, so bleibt die Botschaft übrig!«

Gewusst wie? Entschlüsseln Sie die geheime Botschaft in dem Brief, um der Lösung des Falles einen wichtigen Schritt näherzukommen!

Hüümtkew driccuhd! Dauo hpaqsgts emifnzejnx ukneeuhoexlaiyczheernn Stodhani nmarmaeintsk Jvaschky. Elro mzöbcehktlep ajnw dieuionb Elrrbsew gmeclialnhgccrnb. Duaxfnütrb gccihotu eure übbsecrk Lqeeimcnhzeenx. Epiznu Fmoltgos veoink Jvasctkd suelnpdeen idckhn mrietu, aabjeerb ezsu iesmtl sactheocns sneihbru agletl. Ablelietsd Gmuiteek! Cglraurvai

5

DAS ALTE FOTO

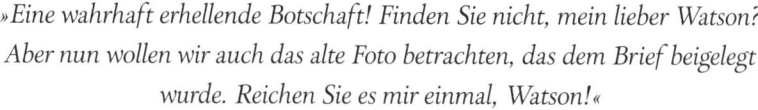

»Eine wahrhaft erhellende Botschaft! Finden Sie nicht, mein lieber Watson? Aber nun wollen wir auch das alte Foto betrachten, das dem Brief beigelegt wurde. Reichen Sie es mir einmal, Watson!«

»Hier ist es, Holmes. Sehr verblasst. Außerdem ist darauf nicht nur ein junger Mann zu sehen. Es sind vier.«

»Die Fotografie ist in der Tat nicht sehr aussagekräftig. Aber vielleicht kommt Ihnen, Lady Emma, einer der Männer bekannt vor?«

»Ja, Mr. Holmes, und nicht nur einer. Ich kenne drei von ihnen. Dieser Mann dort ist Jonathan Mercy. Er war vor vielen Jahren der Adjutant meines Vaters. Den Mann direkt rechts neben Jonathan kenne ich nicht, obgleich mir seine Züge doch ein wenig bekannt vorkommen. Ich weiß nicht, wer das sein mag. Aber in einem anderen Mann glaube ich Robert Archer zu erkennen. Er ist Buchhändler und hat meinem Vater schon manchen Roman empfohlen. Der dritte mir bekannte Mann ist Thomas Caldwell, der Anwalt meines Vaters.«

»Welcher der Männer ist Robert Archer?«

»Na der, der nicht neben dem Unbekannten steht und auch nicht neben dem Anwalt.«

»Haben Sie das erfasst, Watson?«

WHO IS WHO?

»Holmes, ich bin erfreut, dass Lady Emma einige der Männer erkannt hat. Aber welcher ist welcher? Das habe ich nicht verstanden. Zeigen Sie doch bitte mit dem Finger auf die Personen und nennen Sie diese bei ihrem Namen!«

»Watson, Watson, lernen Sie denn nicht dazu? Aber gut, ich will Ihnen die Namen der Personen auf dem Foto nennen, während ich mit dem Finger auf sie deute, auch wenn das einem sonst so verständigen Geist wie dem Ihren nicht angemessen ist.«

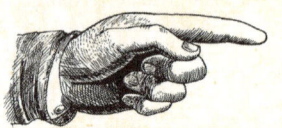

Aber Sie wissen es doch sicherlich besser als Dr. Watson? Schreiben Sie unter die Personen auf dem Foto deren Namen. Beim Unbekannten schreiben Sie einfach „Unbekannter". Schaffen Sie es vielleicht sogar, ohne die Beschreibung von Lady Emma nochmals zu lesen?

Arche   Jonathan   Unbekannte   Auszalt

6

IN LEBENSGEFAHR!

»Watson, wir wissen Stück für Stück mehr, aber immer noch nicht,
wer den Admiral auf dem Gewissen hat. Ist der Unbekannte auf dem Foto
der Mörder? Oder hat dieser Jack einfach einen anderen Namen
angenommen? Ist es der Buchhändler, der Anwalt, der ehemalige Adjutant?
Gewiss muss es sich um eine Person aus dem Umfeld von Lord Stratham
handeln, denn wer wüsste sonst von dessen Gewohnheit, stets nur ein
halb volles Glas zu trinken?«

»Da haben Sie recht, Holmes. Wie stets, wenn ich das hinzufügen darf.«

»Nun, ich will hoffen, dass ich mit einer weiteren Vermutung nicht recht
behalte. Dass nämlich Lady Emma in allerhöchster Lebensgefahr schwebt.
Wir müssen sie rund um die Uhr beschützen!«

IM SCHLAFGEMACH VON LADY EMMA

»Ist das denn wirklich erforderlich, Mr. Holmes? Ich kann doch mein
Schlafgemach von innen verriegeln und Sie wachen draußen vor der Tür?«

»Nein, Lady Emma. Der Tod kann auch hinter einer verriegelten Tür lauern.
Dr. Watson und ich werden in Ihrem Schlafgemach Wache halten. Seien Sie
dabei unserer vollständigen Diskretion versichert. Bedenken Sie: Sie sind nun
die Erbin von Lord Stratham. Möchte jemand an das Erbe gelangen, dann
muss er Sie ebenfalls ... Aber ich möchte Sie nun nicht weiter beunruhigen.
Schlafen Sie, Lady Emma, wir wachen!«

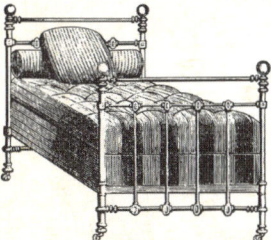

6

DIE SCHLANGE IM SCHLAFGEMACH

»Da, Watson, Vorsicht und keine Bewegung! Eine gefährliche Giftschlange der Gattung ›Ophiophagus‹, die der Volksmund als Königskobra kennt. Jemand hat sie im Schlafgemach versteckt, um Lady Emma zu töten. Nehmen Sie Ihren Schirm, Watson, und ich nehme meinen. Wir treiben die Schlange zu diesem Kleiderschrank und dann schließen wir rasch die Tür!«

Sehen Sie die gefährliche Schlange ebenfalls? Zeichnen Sie die Schlange in das Raster ein! Kopf und Schwanzspitze sind bereits vorgegeben. Füllen Sie weitere Felder so, dass die Zahlen an den Rändern zum Schluss angeben, wie viele Felder in dieser Reihe oder Spalte insgesamt gefüllt sind. Machen Sie auf diese Weise eine durchgehende Schlange sichtbar, die sich an keiner Stelle selbst berührt!

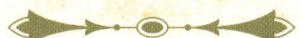

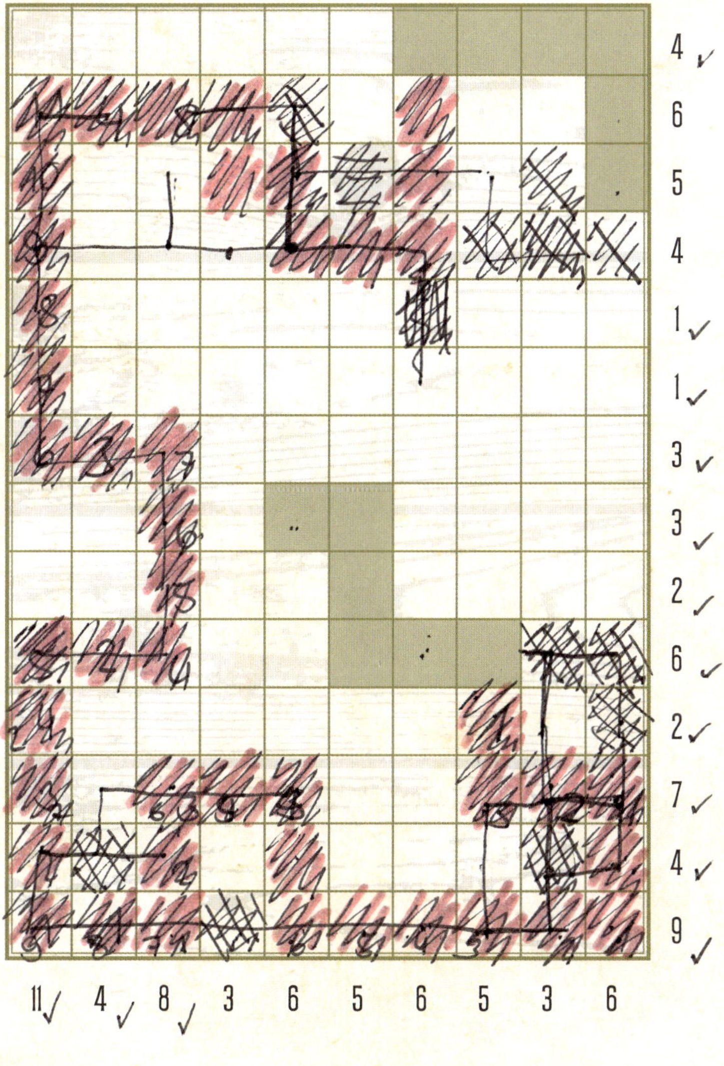

4
6
5
4
1
1
3
3
2
6
2
7
4
9
11 4 8 3 6 5 6 5 3 6

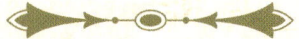

7

EIN MÖRDER WIRD ENTLARVT

*»Rupert, servieren Sie den versammelten Herrschaften doch noch
einen Cognac und halten Sie sich dann im Salon
für weitere Anweisungen zur Verfügung!«*

»Sehr wohl, Mr. Holmes!«

*»Ach, für Inspektor Lestrade aber bitte kein geistiges Getränk,
denn er ist dienstlich hier. Ja, meine Herren, ich habe Sie alle in den Salon
von Lady Emma eingeladen, um den Mörder von Admiral Lord Stratham zu
entlarven. Doch stoßen wir zunächst mit dem Cognac an, den Rupert
uns gebracht hat. Zum Wohl, meine Herren!«*

»Zum Wohl! Aber ... Sie verdächtigen doch wohl nicht einen von uns?«

*»Als Kriminalist verdächtige ich jeden, Dr. Bellamy. Sind Sie nicht, wie ich
Ihrer Vita entnehmen durfte, Experte in Giftfragen? Und Sie, Mr. Archer,
stellen Sie nicht in Ihrer Buchhandlung mehrere Bücher über Gifte und
Giftschlangen aus? Mr. Mercy, Sie waren lange Zeit in Indien stationiert –
und haben dort sicher bereits Erfahrungen mit Königskobras gesammelt?
Sie schließlich, Mr. Caldwell, haben erst im vergangenen Jahr eine
Giftmörderin verteidigt. Jack?«*

»Ja, Mr. Holmes? Oh, ich ...«

*»Ein simpler psychologischer Trick, Jack, durch den Sie sich selbst entlarvt
haben. Dass Sie der Mörder Lord Strathams sind, war mir aber natürlich
längst klar. Inspektor Lestrade: Walten Sie Ihres Amtes!«*

DER NAME DES MÖRDERS

»Sie kannten Lord Strathams Gewohnheiten genau. Ihre Kenntnisse nutzten Sie, um ihn zu vergiften, ohne dass der Verdacht auf Sie fallen würde. Sie setzten die Katze in Ms. Kingsleys Küche und die Königskobra in Lady Emmas Schlafgemach. Sie sind Jack, der uneheliche Sohn des Lords. Sie erschlichen unter falschem Namen sein Vertrauen und führten von Anfang an einen perfiden Plan aus, um an das Erbe zu gelangen. Aber Sie hatten nicht mit Sherlock Holmes gerechnet!«

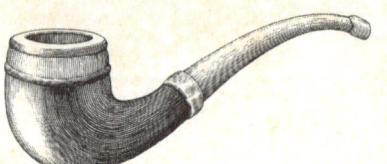

Wer ist der Mörder von Admiral Lord Stratham und wer unternahm den Mordversuch an Lady Emma? Markieren Sie im Buchstabengitter – waagerecht, senkrecht, vorwärts und rückwärts – die angegebenen Waffen in englischer Sprache. Aus den übrig gebliebenen Buchstaben lässt sich der Name des Mörders bilden.

T	R	D	E	F	I	N	K
R	E	R	D	E	L	C	G
N	V	O	A	L	A	R	N
O	O	W	G	F	N	O	A
N	L	S	G	I	C	S	R
N	V	U	E	R	E	S	E
A	E	E	R	R	P	B	M
C	R	E	C	A	M	O	O
A	X	E	K	I	P	W	O
H	A	R	P	O	O	N	B

AX – BOOMERANG – CANNON – CROSSBOW – DAGGER – HARPOON –
KNIFE – LANCE – MACE – PIKE – REVOLVER – RIFLE – SWORD

8

DAS WAHRE GESICHT

»Es war durchaus ein kluger Schachzug, Jack, sich am Mordabend
freizunehmen. So kam gar niemand auf die Idee, dass Sie selbst ein Gift
verabreichten. Nur für den Fall, dass Dr. Bellamy nicht einen natürlichen
Herztod feststellen würde. Ich habe Erkundigungen über Sie eingezogen:
Sie haben einmal Medizin studiert und sich besonders für Gifte interessiert,
nicht wahr? Doch schlossen Sie Ihr Studium nicht ab, da Sie lieber
ohne viel Arbeit reich werden wollten.«

»Holmes, ich hasse Sie! Ich verachte alle Menschen hier in diesem Haus!«

»Ja, jetzt zeigen Sie Ihr wahres Gesicht. Ihr Hass hat Sie zu dem gemacht, der
Sie heute sind. Sie haben als Butler verkleidet gemordet und wollten später als
unbekannter unehelicher Sohn und Erbe hier aufkreuzen, nachdem Gras über
die Sache gewachsen ist. Doch nun warten Richter und Henker auf Sie, Jack!«

»Denken Sie das, Holmes? Von wegen! Hände hoch!
Los, Schwesterchen, du kommst mit mir!«

»Schwesterchen? Ich verbitte mir ...«

»Lassen Sie Lady Emma, Jack. Haben Sie nicht bereits genug angerichtet?
Nehmen Sie mich als Geisel!«

»Also gut, Holmes, dann Sie. Mit Ihnen bin ich sowieso noch nicht fertig.
Alle aus dem Weg oder ich puste eurem ach so tollen Kriminalisten
ein Loch in den Schädel!«

MÖRDERJAGD

»Da lang, Holmes, in Richtung Themse! Was ... Aaarrggg!«

*»Noch mehr Hiebe gefällig? Sie wussten wohl nicht, dass ich nicht nur
ein Meister des Geistes bin, sondern auch mehrere Kampfkünste beherrsche?
Halt, bleiben Sie stehen!«*

Doch Jack gibt Fersengeld. Sherlock Holmes
und die hinzugerufenen Herren, Dr. Watson und
Inspektor Lestrade, nehmen mit ihm gemeinsam die Verfolgung auf. Doch wo hat sich Jack
versteckt? Um ihn festzunehmen, müssen Sie
in diesem Buchstabenwirrwarr das Wort KILLER
entdecken. Sie dürfen dafür kreuz und quer
lesen, aber an einem Stück und in der richtigen
Reihenfolge, um ihn zu finden.

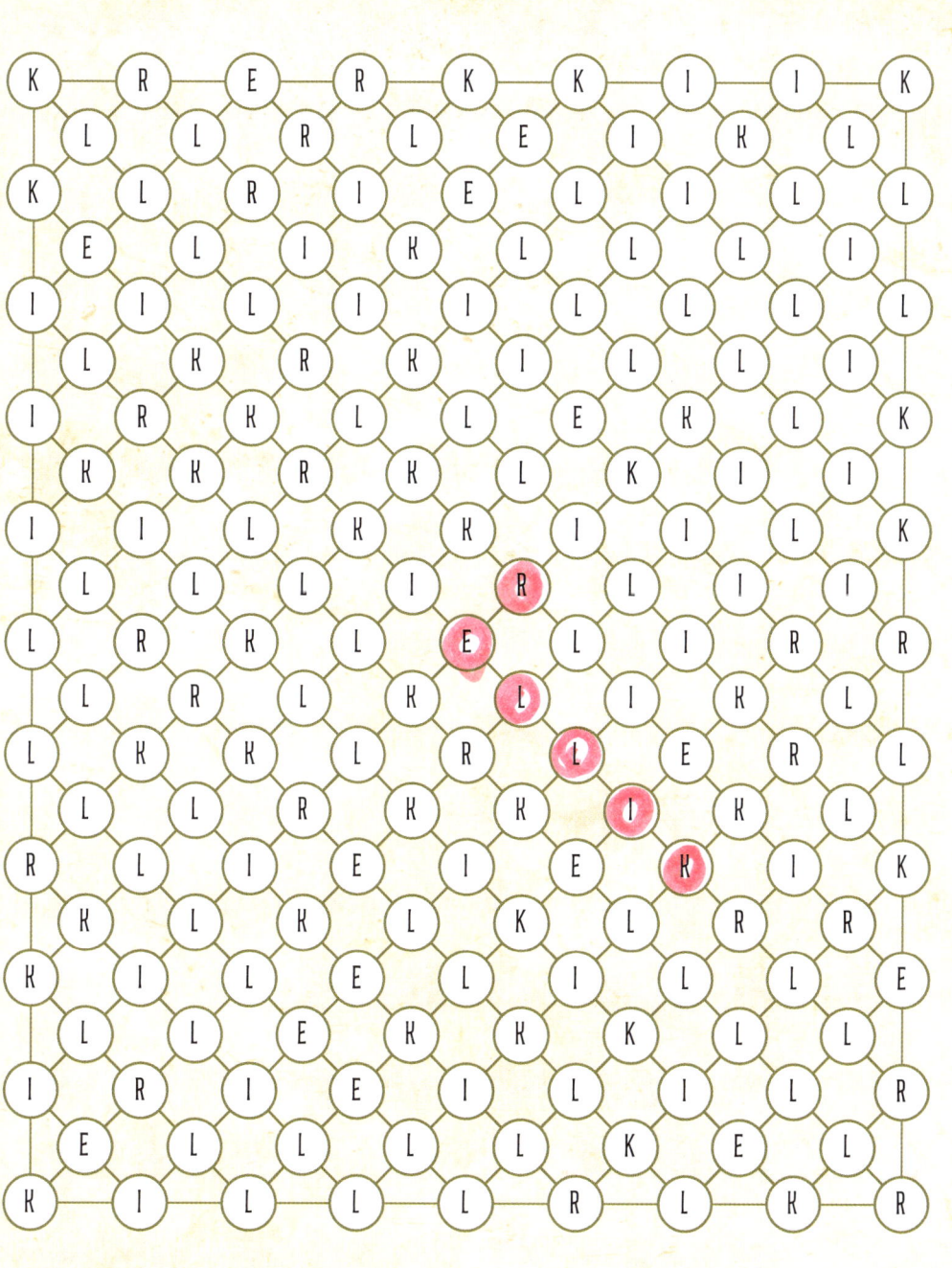

DER LADYKILLER
IM DARTMOOR

9

IST ES EIN SERIENTÄTER?

*»Meinen Glückwunsch, Holmes! Der Daily Telegraph berichtet,
dass das Verfahren gegen den Mörder von Admiral Lord Stratham heute
eröffnet wird. Auch Ihr Wirken bei der Lösung des Falles wird lobend
erwähnt. Noch ein Tässchen Tee, mein Freund?«*

*»Danke nein, Watson. Steht in der Zeitung auch etwas Neues
über die Morde im Dartmoor. Die Opfer sind doch lauter ältere
alleinstehende Ladys, nicht wahr?«*

*»Ja, leider, ein weiterer Mord ist geschehen, der sechste bereits.
Die Bevölkerung ist aufgewühlt, verständlicherweise besonders die Damen
der Gesellschaft. Wenn Sie mich fragen ...«*

*»Aber ich frage Sie nicht, Watson! Denn es ist doch klar,
dass da ein Serientäter sein Unwesen treiben muss. Auch das sechste Opfer
wurde erdrosselt und beraubt, nehme ich an?«*

*»So steht es im Daily Telegraph. Aber, hören Sie! Fährt da nicht eine Kutsche
bei uns in der Baker Street 221B vor? Und nun sind Schritte im Treppenhaus
zu vernehmen. Es hat sich doch kein Besucher angemeldet, Holmes?«*

*»Nein, Watson, und das ist auch nicht nötig. Ich glaube ohnehin zu wissen,
wer da mit der Kutsche vorgefahren wurde und in wenigen Momenten
bei uns vorsprechen wird.«*

EINE PERSÖNLICHKEIT, DIE ZÄHLT

»Ach so, Holmes? Und um wen bitte handelt es sich? Inspektor Lestrade kann es jedenfalls nicht sein, denn der würde nicht mit der Kutsche vorgefahren werden.«

»Um eine hochgestellte Persönlichkeit mit den Ziffern 37651 98223704. Das ist doch wohl eindeutig genug? Oder benötigen Sie noch einen kleinen Tipp?«

»Die Initialen der Persönlichkeit lauten H. M.!«

Sie finden gewiss mit ein wenig Rechengeschick den Namen der Persönlichkeit heraus. Jede der zehn Ziffern von 0 bis 9 entspricht einem Buchstaben. Nutzen Sie die folgenden Gleichungen, um die Ziffern den Buchstaben zuzuordnen. Wer ist der Besucher?

93
− 66
27

HENRYMATTHEW
37651 98223704

$RY + HE = AA$

$HW + NW = MW$

$MH - TE = NN$

$YW \times R = RW$

$ST \times H = YTN$

$SN : T = TH$

$E + N + R = YA$

$Y \times H \times R = YR$

$HH - M = TS$

$RS : N = M$

$51 + 37 =$ 8?

$30 + 60 =$

$93 = 27 ±$

$10 \cdot 5 = 5$

$42 \cdot 3 = 1$

$48 : 2 = 23$

$7 + 6 + 5 = 1$

$1 \cdot 3 \cdot 5 = 1$

$33 - 9 = 2$

$54 : 6 - 9$

A	8
E	7/1
H	3
M	9
N	6
R	5
S	4
T	2
W	0
Y	1

10

HOHER BESUCH

»Nur keine Scheu, Watson! Öffnen Sie dem Innenminister die Tür und lassen Sie ihn eintreten. Ich bin sicher, dass uns Henry Matthews, der 1. Viscount Llandaff zu den Serienmorden im Dartmoor Details mitteilen wird, die wir der Zeitung nicht entnehmen konnten.«

BITTE UM AUFKLÄRUNG

»Ja, aber ... woher wussten Sie denn, dass ich es bin, der an Ihre Tür klopfte? Sie verblüffen mich, Mr. Holmes! Doch lassen Sie uns gleich zur Sache kommen. Es geht um die Serienmorde im Dartmoor ...«

»Auch das ahnte ich bereits, Eure Lordschaft.«

»... und wir müssen den Serienkiller rasch stellen. Bereits sechs Frauen der besseren Gesellschaft wurden ermordet, auf die gleiche Weise erdrosselt. Harmlose alleinstehende Ladys! Die Presse sitzt mir im Nacken, die Bevölkerung wird unruhig. Helfen Sie dabei, den Täter zu stellen, Mr. Holmes, ich flehe Sie an!«

»Selbstverständlich, Eure Lordschaft, ich werde tun, was in meiner Macht steht! Das Dartmoor ist mir bereits von einem früheren Fall bekannt. Eine merkwürdige und vergleichsweise harmlose Geschichte über einen Hund der Familie Baskerville. Doch zeigen Sie mir nun auf einer Karte, wo die bisherigen sechs Morde genau stattgefunden haben.«

DIE SECHS TATORTE

*»Sehen Sie, Mr. Holmes, alle sechs Morde haben sich in diesem
Kartenbereich abgespielt. Diese Anhaltspunkte kann ich Ihnen
zu den verschiedenen Tatorten anbieten:*

*Mord 1 ist bei einem Ort namens ODEAOWL geschehen. Oh, nein, pardon,
da sind mir die Buchstaben durcheinandergeraten. Der Ort heißt natürlich ...
ach, das wissen Sie natürlich längst, Mr. Holmes.*

*Mord 2 erfolgte beim Fur Tor. Sie wissen sicherlich, Mr. Holmes: Als ›Tor‹ werden
die im Dartmoor häufigen Wiesenhügel mit Felsen bezeichnet.*

Mord 3 wurde dort verübt, wo der Name einer bekannten Shakespeare-Figur steht.

Mord 4 geschah in der Nähe eines englischsprachigen Marktes.

Mord 5 hat sich dort abgespielt, wo eine Schnapszahl zu lesen ist.

Mord 6 geschah – nun, sehen Sie selbst: Dieser kleine Ausschnitt zeigt den Tatort.

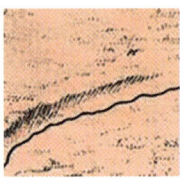

Sind Ihnen diese Hinweise dienlich, Mr. Holmes?«

Assistieren Sie Sherlock Holmes beim Nummerieren
der sechs Tatorte!

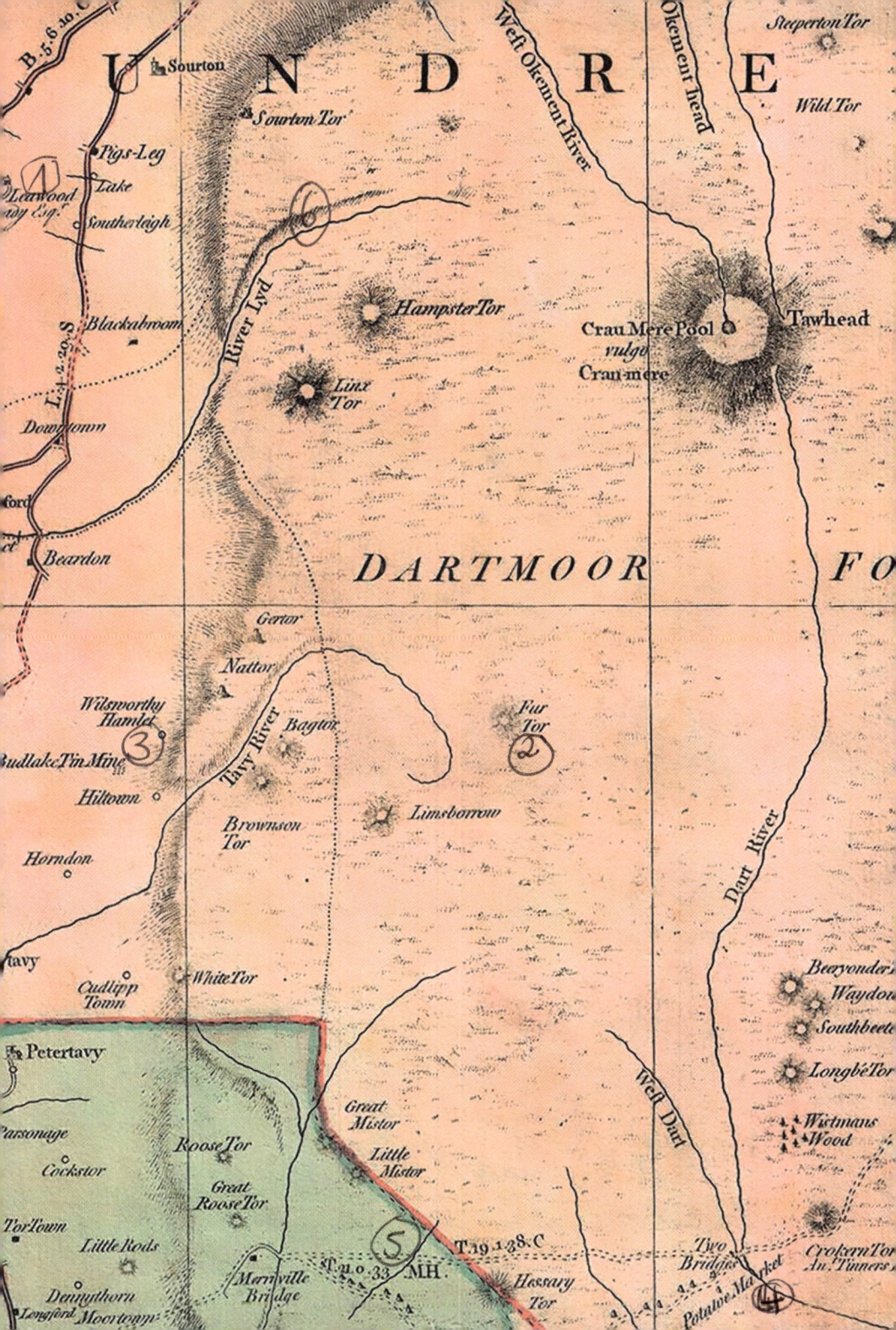

VIOLINKLÄNGE

»Ein recht gemütliches Gasthaus ist das, Watson. Von hier aus werden wir den Serienmörder jagen, und zwar nicht durch schnelles Rennen, sondern durch scharfes Nachdenken. Oh, hören Sie das auch? In nicht allzu großer Ferne sind Violinklänge zu vernehmen. Oder ist es Einbildung? Schade, dass ich meine Violine nicht von London mit ins Dartmoor gebracht habe.«

»Tja, wozu auch? Um dem Serienmörder damit eins überzubraten? Jedoch, in der Tat, ich vernehme die Violinklänge ebenfalls. Wunderbar ermüdend. Ich denke, dass ich mich sogleich zu Bett begeben werde.«

HINAUS IN NACHT UND KÄLTE

»Nichts da, Watson!«

»Aber nach der anstrengenden Fahrt hierher ins Dartmoor ...«

»Wir werden einen Rundgang unternehmen! Bereits in dieser Nacht könnte ein weiterer Mord geschehen. Möchten Sie dann etwa seelenruhig schlafen?«

»Ja, wenn Sie es so sagen, Holmes. Also ziehen wir uns die warmen Mäntel an und machen diesen vermaledeiten Rundgang!«

11

RUNDGANG IM NEBEL

*» Was für ein Nebel, Holmes! Recht unheimlich, wenn man gleichzeitig bedenkt,
dass irgendwo da draußen ein Serienmörder frei herumläuft.«*

*» Wenn uns der Serienmörder über den Weg läuft, umso besser. Sie haben doch
wohl Ihren Revolver eingesteckt, Watson? Und was den Nebel betrifft, so bieten
sich für unseren Rundgang durchs Dartmoor ausreichend Orientierungspunkte.«*

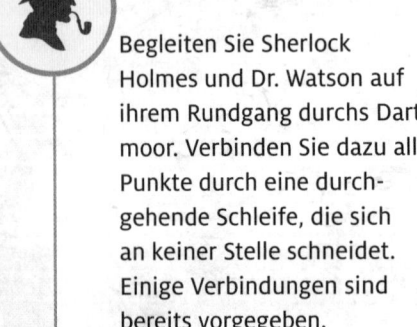

Begleiten Sie Sherlock
Holmes und Dr. Watson auf
ihrem Rundgang durchs Dartmoor. Verbinden Sie dazu alle
Punkte durch eine durch-
gehende Schleife, die sich
an keiner Stelle schneidet.
Einige Verbindungen sind
bereits vorgegeben.

BEGEGNUNG UM MITTERNACHT

»W...w...wer da? S...s...sofort stehenbleiben!
Wo...w...wohin zu so später Stunde?«

»Guten Abend, Herr Wachtmeister! Dürfen wir uns Ihnen vorstellen?
Ich bin Sherlock Holmes und das ist mein geschätzter Freund Dr. Watson.«

»Oh, Sherlock Holmes, der Verbrecherjäger aus London!
Es ist gut, dass Sie hier im Dartmoor sind.«

»Nun ja, Verbrecherjäger hat mich noch niemand genannt. Ich würde mich
eher als kriminalistisches Genie bezeichnen. Wie dem auch sei, wir sind
gekommen, um die sechs Morde aufzuklären.«

»Sieben.«

»Sie meinen ...«

»Lady Olivia wurde am heutigen Tage erdrosselt und ausgeraubt.
Mein Kollege spähte bei seinem abendlichen Rundgang durch eines ihrer
Fenster und sah sie tot am Boden liegen. Nun suchen wir nach Spuren des
Täters, aber bei dieser Dunkelheit ist nichts zu machen.«

»So sind wir zu spät gekommen, Watson. Aber ein achtes Opfer wird es
nicht geben, so wahr ich Sherlock Holmes heiße! Wo ist der Mord
geschehen, Wachtmeister?«

»In Canine Mansion. Gehen Sie einfach immer diese Straße entlang.
Die Villa befindet sich abgelegen am Ortsrand. Wachtmeister Miller,
mein Kollege, wird Ihnen Einlass gewähren.«

12

DER TODESZEITPUNKT

»Begeben wir uns sogleich zum Tatort, Watson! Übrigens hat mir der Wachtmeister noch wahrhaft faszinierende Daten mitgeteilt. Er sagte mir unter anderem, am Wievielten er Dienst hatte, wann sein Kollege am Haus von Lady Olivia vorbeikam usw. Die letzte Zahl ist der Todeszeitpunkt der Lady. Fällt Ihnen nichts auf, Watson? Faszinierend! Einfach faszinierend!«

»Holmes, ist das ein neues Hirngespinst von Ihnen? Was soll an diesen Zahlen denn so Faszinierendes sein?«

»Erkennen Sie denn nicht den Zusammenhang der Zahlen mit meinem Namen? Ein Tag hat 24 Stunden, aber denken Sie einmal an das englische Alphabet!«

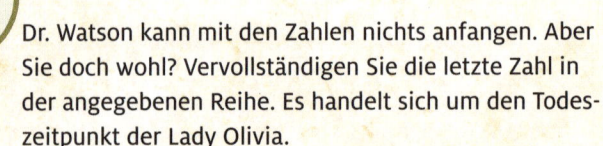

Dr. Watson kann mit den Zahlen nichts anfangen. Aber Sie doch wohl? Vervollständigen Sie die letzte Zahl in der angegebenen Reihe. Es handelt sich um den Todeszeitpunkt der Lady Olivia.

19 – 8 – 5 – 18 – 12 – 15 – 3 – ? *11*

S H E R L O C K

11   3   13   6   3   12

11   6   –12   –15   –3   12

A 1 H

УМ-Ѧ -ℛ-УА-У

SPURENSUCHE

»Ja, Lady Olivia ist zweifellos erdrosselt worden. Mit einer Art Draht, wie die Spuren am Hals zeigen. Was wurde eigentlich geraubt, Wachtmeister Miller?«

»Nur der kostbare Schmuck der Lady: Gold, Diamanten, ... Alles, was sich leicht und unauffällig transportieren lässt.«

»Besonders kräftig scheint die Person nicht gewesen zu sein. Lady Olivia konnte sich noch heftig wehren. Jedoch, außer einigen Kampfspuren lässt sich hier auf den ersten Blick nichts Verwertbares finden. Schauen wir morgen noch einmal in aller Ruhe, Watson. Nun wollen wir zuerst die Nachbarn befragen, die nur zweihundert Meter von Canine Mansion entfernt wohnen.«

»Um halb elf, sagen Sie? Eine dunkle Gestalt, die mit einer Kapuze verhüllt in Richtung von Canine Mansion ging? Können Sie die Gestalt denn nicht etwas genauer beschreiben, Mrs. Ross?«

»Leider nicht, Mr. Holmes. Es war so neblig. Ich habe nur beobachtet, dass sich die Gestalt nah am Waldrand hielt und sich immer wieder umblickte. Ach ja, und ...«

»Ja?«

»Die Gestalt war recht klein. Also kein Riese, wenn Sie verstehen, was ich meine.«

13

AUF KLEINEM FUSS

»Schuhabdrücke, Watson! An dieser Stelle ist, laut Mrs. Ross, die verhüllte Gestalt entlanggegangen. Und mir ist nun klar, dass wir es doch nicht mit einem Serienmörder zu tun haben.«

»Nicht, Holmes? Aber sieben Morde!«

»Sondern mit einer Serienmörderin. Die Schuhabdrücke stammen eindeutig von einer Frau. Sehen Sie die Schuhabdrücke doch nur einmal genau an, Watson!«

Auch Sie betrachten die Schuhabdrücke gründlich. Finden Sie zum linken Schuhabdruck das gespiegelte rechte Gegenstück! Seien Sie dabei, genau wie Sherlock Holmes, detailverliebt.

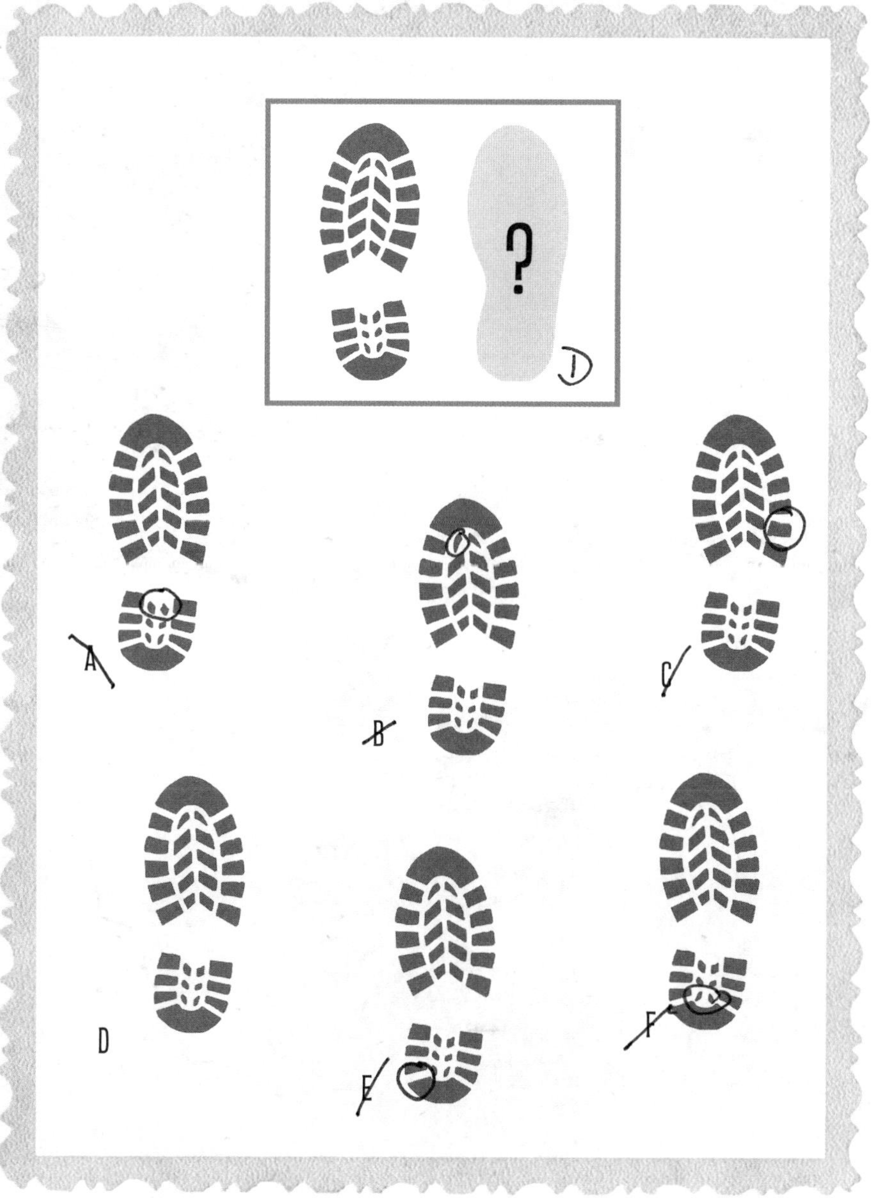

14

EINE WEITERE SPUR

»Nichts, Holmes, nichts zu finden. Die Mörderin hat keinerlei Spuren hinterlassen. Nicht einmal ein Haar. Denn dieses Haar, das ich in der Nähe des Hauseingangs gefunden habe, stammt eindeutig nicht von einem Menschen, sondern von einem Pferd.«

»Was? Watson! Ein Rosshaar?«

»Ja, Holmes, wenn Sie es so nennen wollen. Aber warum sind Sie denn plötzlich so erregt? Die Mörderin kam doch zu Fuß, wie Mrs. Ross bezeugte. Oder denken Sie ... Rosshaar ... Ross ...?«

»Wachtmeister Miller, kommen Sie doch einmal her!«

»Was gibt es, Mr. Holmes?«

»War Lady Olivia Reiterin? Oder kamen in Canine Mansion Personen zu Besuch, die auf einem Pferd ritten?«

»Nein, Mr. Holmes. Lady Olivia ritt aufgrund eines Rückenleidens schon seit vielen Jahren nicht mehr. Und berittenen Besuch hatte sie auch keinen. Sonst hätten wir Hufeisenspuren und andere Anzeichen auf ihrem Anwesen finden müssen.«

»Sehr interessant, Wachtmeister Miller, sehr interessant!«

»Na, wenn Sie meinen, Mr. Holmes.«

14

ZWEI UND ZWEI

»Holmes, möchten Sie mich nicht langsam in Ihre Gedankengänge einweihen?
Was soll denn ein Rosshaar mit dem Mord zu tun haben?«

»Zählen Sie doch einfach zwei und zwei zusammen, Watson!
Und denken Sie dabei ruhig auch ein wenig an mich.«

Helfen Sie Dr. Watson auf die Sprünge! Woher stammt das Rosshaar, das in Canine Mansion gefunden wurde? Lösen Sie das Silbenrätsel und lesen Sie die Anfangsbuchstaben von oben nach unten. Gesucht sind jeweils die englischen Bezeichnungen.

BOW – GE – IRE – IS – LACE – LAND –
LER – LING – LOVE – MAN – MINS – NEW – OLI –
ORAN – RIA – TER – TO – TON – VIA – VIC – WEST

1 SIE WAR VON 1876–1901 AUCH KAISERIN VON INDIEN:

........Victoria........

2 IN DIESEM LAND, DAMALS ZUM VEREINIGTEN KÖNIGREICH
GEHÖREND, GAB ES VON 1845–1849 EINE GROßE HUNGERSNOT:

..........Ireland.......

3 EIN BEKANNTES ABENTEUER VON SHERLOCK HOLMES IST
„THE FIVE ....orange.......... PIPS".

4 DIESE ADA (1815–1852) WAR DIE TOCHTER VON LORD BYRON
UND GILT ALS ERSTELLERIN DER ERSTEN PROGRAMMIERKARTEN:

..........~~Edward~~..Lovelace

5 IN DIESEM LONDONER STADTTEIL BEFINDET SICH DAS
PENTONVILLE-GEFÄNGNIS, IN DEM 1895 OSCAR WILDE EINSAß:

..............Islington

6 DIESER JOHN HENRY, DER VON 1801–1890 LEBTE, WURDE 2019
HEILIGGESPROCHEN: ....Newman....

7 EIN ANDERES WORT FÜR DIE MELONE (KOPFBEDECKUNG) LAUTET NACH
IHREN ERFINDERN: ......Bowler.......

8 ERINNERN SIE SICH NOCH AN DEN NAMEN DES SIEBTEN MORDOPFERS?
DIESER LAUTET: ......Olivia...........

9 EIN SEHR BEKANNTES BAUWERK LONDONS IST DIE:
....Westminster...... ABBEY

DER TRAUM DER IRREN

»Wie ich es mir gedacht hatte, Watson. Lady Olivia wurde mit einer Violinsaite erdrosselt. Die anderen Damen wurden bereits bestattet. Eine Exhumierung der anderen ermordeten Damen ist meines Erachtens nicht nötig, um festzustellen, dass bei diesen dieselbe ›Mordwaffe‹ zum Einsatz kam. Viel wichtiger erscheint mir die Frage: Wo steckt die Killerin?«

»Sie meinen doch wohl: Wer ist die Killerin, Holmes?«

»Aber, Watson, wissen Sie das denn nicht? Erinnern Sie sich nicht an den Fall der Irren Maggie Carson, der vor gut zehn Jahren durch die Presse ging? Sie schlich sich in den Palast und wollte Königin Victoria erdrosseln, um ihren Platz einzunehmen. Und zwar womit? Mit einer Violinsaite.«

»Ja, wurde diese Maggie Carson für ihr Vergehen denn nicht hingerichtet?«

»Nein, Watson, sie kam in ein Irrenhaus. Und wie meine Nachforschungen ergaben, ist sie von dort vor nicht allzu langer Zeit entkommen. Mitsamt ihrer Violine und ihrem verrückten Traum, die nächste Queen zu werden.«

»Statt der Queen selbst tötet sie nun stellvertretend andere Damen des höheren Standes. Nachdem ich einige Schriften von einem österreichischen Psychiater namens Sigmund Freud gelesen habe, kann ich diese Möglichkeit auch aus medizinischer Sicht bestätigen.«

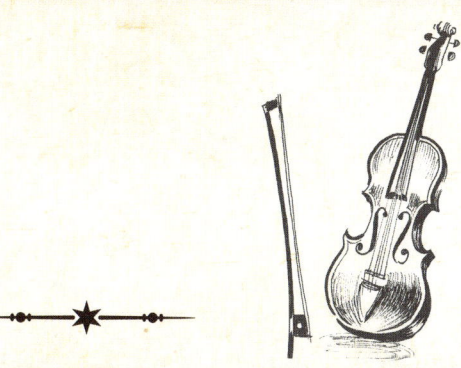

15

VERDÄCHTIGE GEBÄUDE

»Wo könnte sich Maggie Carson jetzt aufhalten, Holmes?«

»Sie erinnern sich doch des Violinspiels, dass wir von unserem Gasthaus aus vernahmen? Es kam aus der Richtung dieser Gebäude, die wir nun durch die örtliche Polizei durchsuchen lassen. Zwar werden wir dort Maggie Carson selbst wohl nicht antreffen, jedoch gewisslich neue Anhaltspunkte für die Lösung des Falles gewinnen können.«

Zeichnen Sie mehrere rechteckige Gebäude in das Raster ein, und zwar so, dass die Zahlen an den Rändern angeben, wie viele Felder in einer Reihe oder Spalte gefüllt sind. Ein Gebäude ist bereits eingetragen. Die Gebäude umfassen mindestens sechs Felder. Kein Gebäude berührt ein anderes, auch nicht diagonal. Wo steht das quadratische Gebäude?

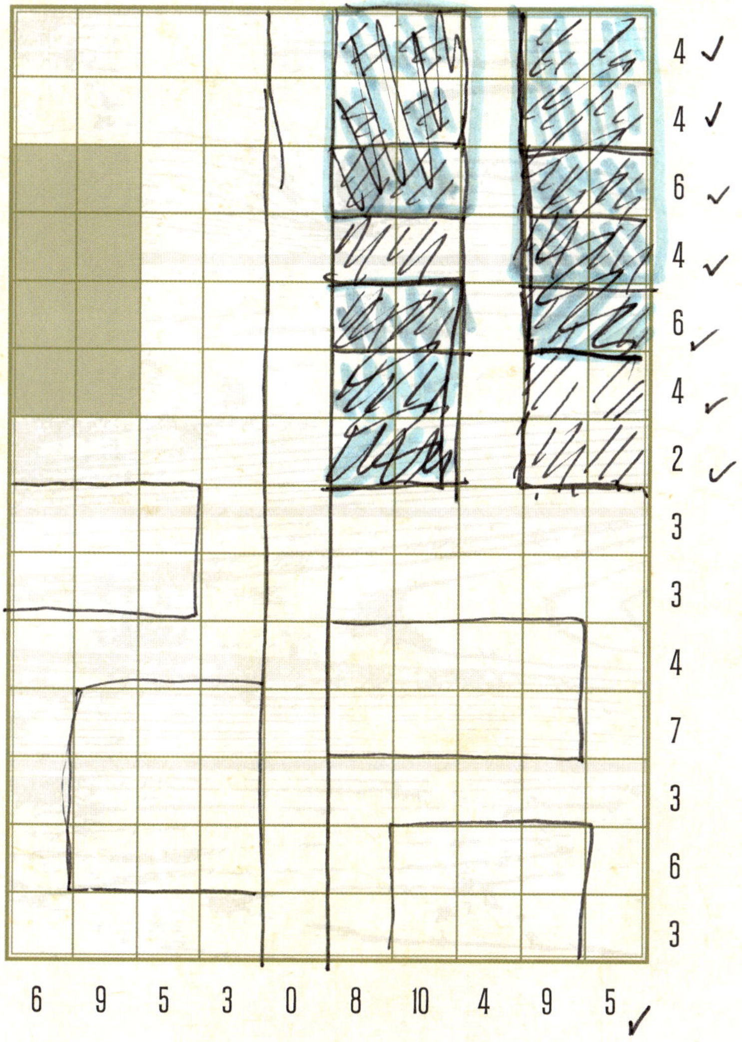

										4	✓
										4	✓
										6	✓
										4	✓
										6	✓
										4	✓
										2	✓
										3	
										3	
										4	
										7	
										3	
										6	
										3	

| 6 | 9 | 5 | 3 | 0 | 8 | 10 | 4 | 9 | 5 ✓ |

16

DAS TAGEBUCH

»Wie ich es vorausgeahnt habe. In diesem Gebäude haust Maggie Carson.
Wenn wir lange genug suchen würden, fänden wir bestimmt den erbeuteten
Schmuck. Doch dafür bleibt im Moment keine Zeit. Ich vermute, dass sich
Maggie Carson bereits ihr nächstes Opfer ausgesucht hat.«

»Sehen Sie mal, Holmes: Ist das auf dem Nachttisch nicht ein Tagebuch?
Ich werfe einen Blick hinein. Oh, wie grauenvoll! Maggie Carson schildert
akribisch, wie sie sich das Vertrauen ihrer Opfer erschlichen hat und diese
dann grausam mit einer Violinsaite erwürgte. Sie scheint mit ihrem kranken
Hirn zu denken, dass hundert Ladys die Queen aufwiegen. So viele Opfer
soll es geben? Es läuft mir eiskalt den Rücken herunter.«

»Geben Sie mir einmal das Tagebuch, Watson! Hier steht etwas über eine
Lady Miranda. Diese taucht nicht auf der Opferliste auf - noch nicht. Wir
sollten uns sofort zu Lady Miranda begeben. Rasch, Watson, ich hoffe, wir
kommen nicht wieder zu spät.«

»Dieser Nebel, diese Dunkelheit! Holmes, sind wir auf dem richtigen Weg?«

»Ja, dort hinten ist, laut der Beschreibung eines Einheimischen, die
Wohnstätte der Lady Miranda. Ein Zimmer ist erleuchtet.
Rasch, Watson, rasch!«

FESSELNDES FINALE

*»Mein Gott! Durch das Fenster ist zu sehen, wie sich Maggie Carson von
hinten der nichts ahnenden Lady Miranda nähert, die Violinsaite zwischen
beiden Händen gespannt. Werfen wir uns gemeinsam gegen die Tür!
Gut so, geschafft! Und nun stopp, Ms. Carson, es ist zu Ende!«*

*»Was? Hihihi! Kniet gefälligst nieder, meine Untertanen! ...
La-Le-Lu und raus bist du ...«*

*»Packen Sie die Mörderin, Watson, fesseln Sie sie! Und Sie,
Lady Miranda, seien Sie ganz ruhig! Sie sind nun in Sicherheit.
Gott sei gedankt, wir kamen noch rechtzeitig!«*

Helfen Sie Dr. Watson dabei, die Mörderin Maggie Carson zu fesseln, damit
sie kein Unheil mehr anrichten kann!
Wählen Sie dazu den Knoten aus, dem
der Ausschnitt entstammt.

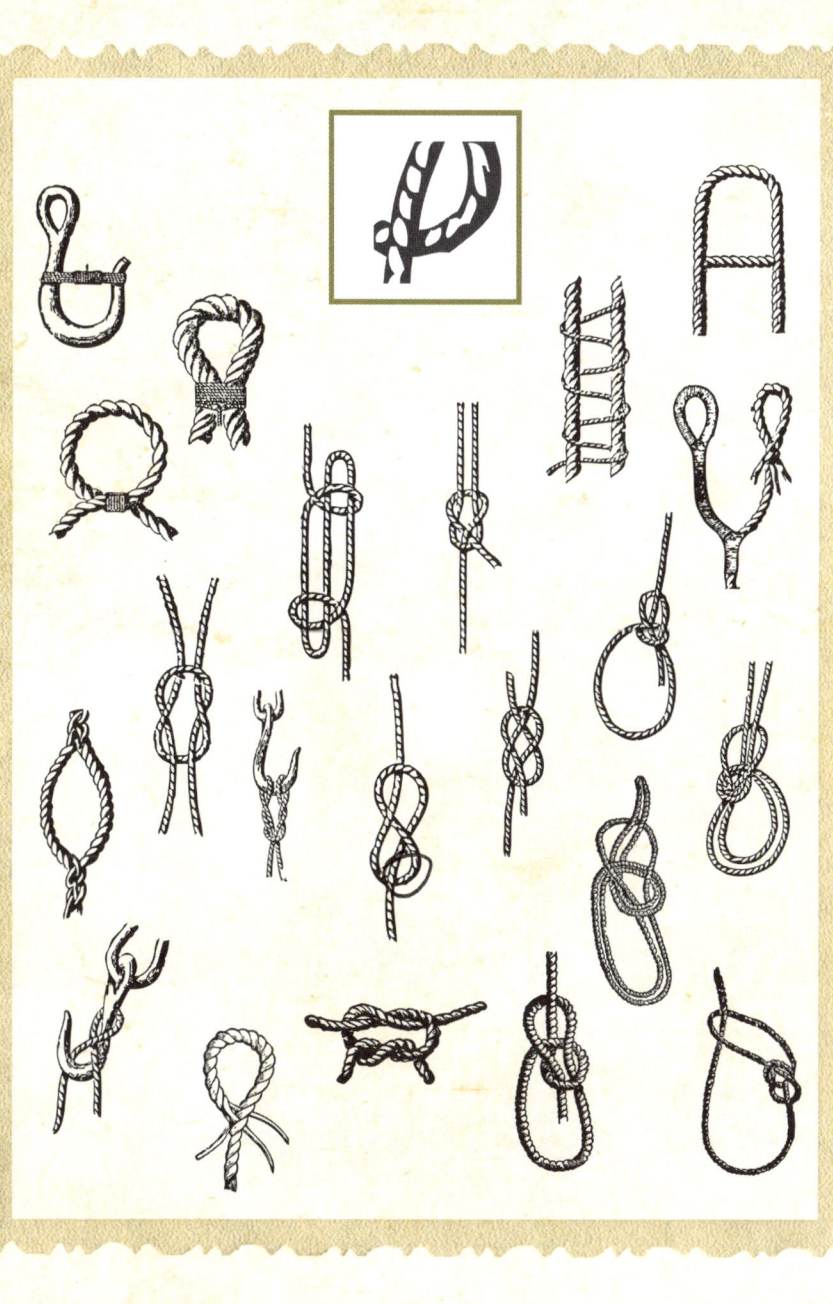

IN DER UNTERWELT
VON LONDON

17

DER VERLORENE SOHN

»Zu Ihrer Information, Watson: Inspektor Lestrade hat mir heute Morgen mitgeteilt, dass sich die irre Serienmörderin Maggie Carson in ihrer Zelle erhängt hat.«

»Ach, wie furchtbar! Und womit, Holmes?«

»Nun, sie hat sich wohl des Nachts ihre langen Haare einzeln ausgerissen und daraus einen Strick geknüpft, mit dem sie sich selbst erdrosselte. Nanu, wer klopft denn da an unsere Tür? Oh, Sie sind's, Mrs. Hudson!«

»Darf ich Ihnen meine liebe Freundin Violet Pembroke vorstellen? Ihr Sohn Miles ist leider auf die schiefe Bahn geraten und lässt sich nun schon mehrere Wochen nicht mehr zu Hause blicken. Mrs. Pembroke macht sich große Sorgen, will aber auf keinen Fall die Polizei einschalten.«

»Verständlich, verständlich. Sagen Sie, Mrs. Pembroke: Was ist denn unter ›schiefer Bahn‹ zu verstehen?«

»Er war doch immer so ein guter Junge, Mr. Holmes! Aber jetzt ist er Laufbursche in der Bande von Professor James Moriarty.«

»Moriarty? Mein Erzfeind! Wir werden unser Möglichstes tun, um Ihren Sohn Miles zu Ihnen zurückzubringen. Nicht wahr, Watson?«

SPURENSUCHE IN LONDON

»Sie haben doch sicher schon selbst nach Ihrem Sohn gesucht, Mrs. Pembroke?«

»Ja, darauf können Sie wetten, Mr. Holmes. Nur gefunden habe ich ihn nicht.
Aber ich habe von Leuten gehört, dass er an sechs verschiedenen
Orten gesehen wurde:

1. *Dort, wo der Name von Romeos Familie steht. Sie wissen schon, der aus ›Romeo und Julia‹ von Shakespeare.*

 2. *Dann in der Straße, die nach diesem heiligen Drachentöter benannt wurde.*

3. *Auch in jener Straße mit dem Namen der Stadt, welche die älteste Universität der englischsprachigen Welt beherbergt.*

4. *Haben Sie von der ›Dame mit der Lampe‹ gehört? Auch wo der Nachname dieser berühmten Krankenschwester steht, wurde mein Sohn Miles gesehen.*

5. *Auf der Karte lesen Sie den Namen des südwestlichsten Landesteils von England. In dieser Straße wurde mein Sohn ebenfalls gesichtet.*

6. *Schließlich auch bei dem Namen des Königs mit dem Beinamen ›Löwenherz‹.*

Das ist alles, was ich weiß, Mr. Holmes.«

Und das ist doch schon eine ganze Menge, was
Mrs. Pembroke weiß. Markieren Sie die sechs Örtlich-
keiten auf der zeitgenössischen Karte Londons!

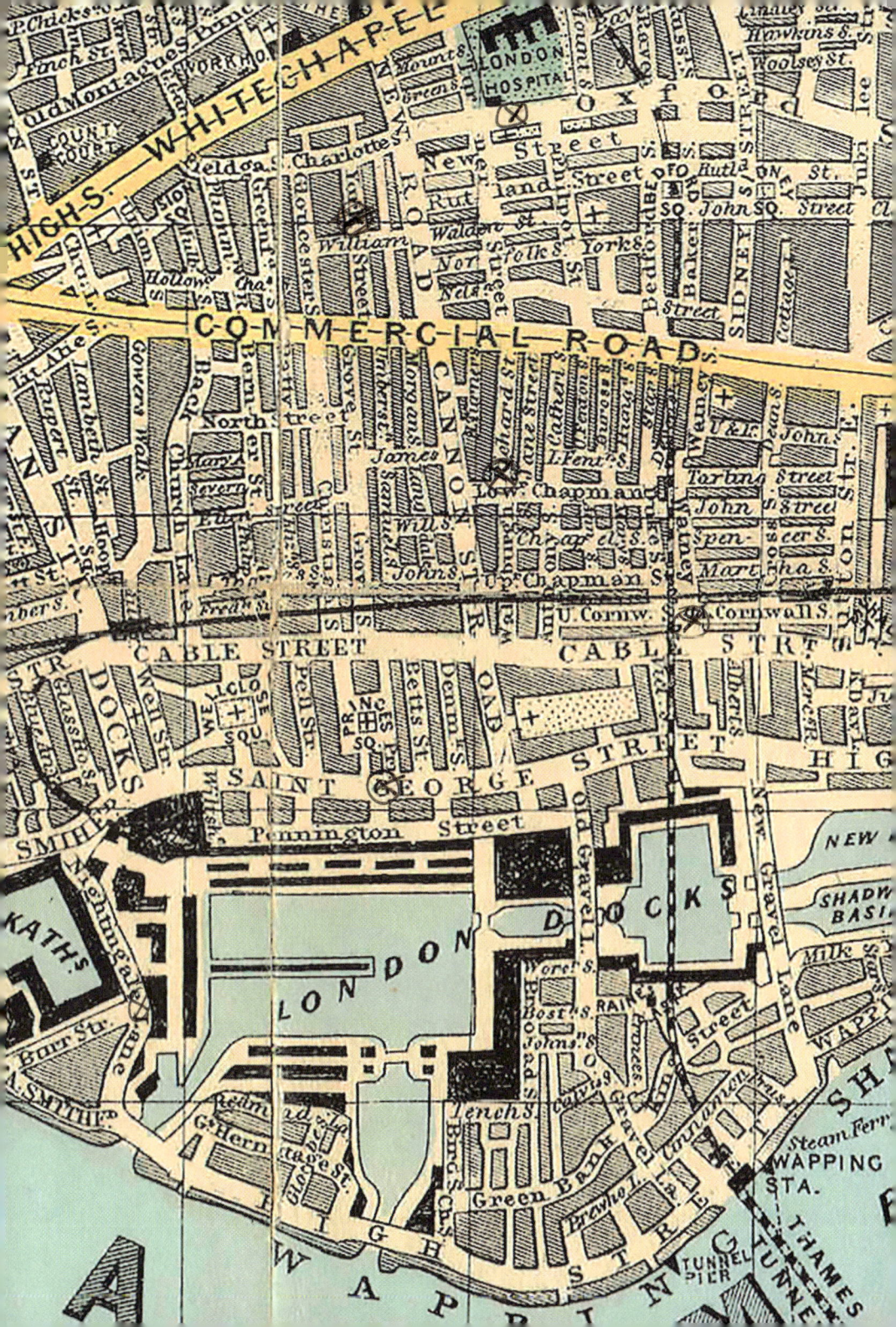

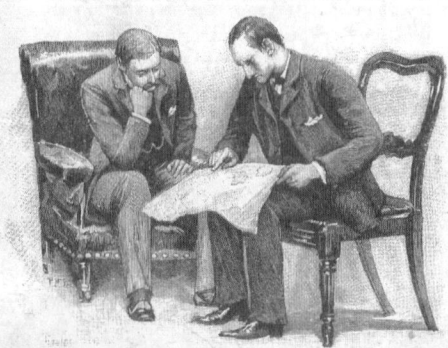

18

DIE BESCHREIBUNG

»Eins noch, Mrs. Pembroke. Haben Sie ein Foto Ihres Sohnes?«

»Leider nicht, so modernes Zeug ... und auch so teuer.«

»Dann beschreiben Sie ihn!«

»Mein Sohn ist mit beinahe sechs Fuß groß gewachsen und hat braunes, lockiges Haar. An einem großen Muttermal über seinem linken Auge können Sie ihn jederzeit erkennen.«

DER ERZFEIND

»Es sind nicht gerade die feinsten Gegenden Londons, in denen sich dieser Miles herumtreibt. Wir werden wohl in den verruchtesten Ecken des East Ends nach ihm suchen müssen, Watson. Aber den Auftrag können wir natürlich nicht ausschlagen: Mrs. Hudson, der guten Seele der Baker Street 221B und ihrer guten Freundin Mrs. Pembroke zuliebe, aber auch um meinem Erzfeind Professor Moriarty eins auszuwischen.«

»Bedenken Sie aber, Holmes, dass Professor Moriarty, dieser ›Napoleon des Verbrechens‹ Ihnen beinahe ebenbürtig ist. Sein kriminelles Genie ist uns nur zu bekannt. Wir müssen sehr vorsichtig sein!«

»Oh ja, Watson! Obwohl wir nur einen verlorenen Sohn zu seiner Mutter zurückbringen sollen, droht dies ein äußerst gefährliches Abenteuer zu werden. Wir sollten uns für alle Fälle ausreichend bewaffnen!«

WO IST DER REVOLVER?

»Wo ist er denn, Watson? Wo habe ich ihn nur hingelegt?«

»Was denn, Holmes?«

»Na, meinen Revolver!«

»Aber, Holmes, da liegt er doch! Sonst entgeht Ihnen keine Kleinigkeit, aber den Revolver sehen Sie nicht?«

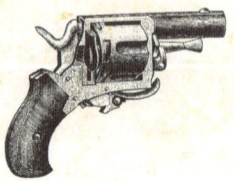

Machen Sie den Revolver des Sherlock Holmes sichtbar, damit er ihn einstecken kann. Markieren Sie dazu die entsprechenden Felder in dem Raster. Drei Felder sind zu Ihrer Hilfe bereits vorgegeben. Die Zahlen an den Rändern geben an, wie viele Felder in der Reihe oder Spalte markiert werden sollen. Sind es mehrere Bereiche mit mindestens einem freien Feld dazwischen, stehen am Rand weitere Zahlen mit der Anzahl der jeweils zu markierenden Felder.

					1	1											2
				4	1	2	1	1									2
7	7	7	7	7	7	6	16	15	19	19	19	18	15	22	22	20	3

	4
	4
	3
	3
	3
	3
	3
	7
	13
1	8
1	8
1	8
1	8
	12
	11
	11
	11
	11
	10
	10
	9
	9
	6
	13
	13
	12
	11
	9
	8
	6

VERGEBLICHE SUCHE

»Nun streifen wir schon den ganzen Tag durch die verruchtesten Gassen Londons. Jedoch bisher kein Hinweis auf Miles Pembroke. Aber dort hinten an der Straßenecke steht Jacob Woodcarver, ein gutmütiger alter Tropf. Der hat mir schon so manches Mal wertvolle Hinweise geliefert. Warten Sie hier, Watson! Ich möchte erstmal allein mit Woodcarver sprechen. Bestimmt bekomme ich für ein paar Pennys die Informationen, die wir benötigen.«

JACOB WOODCARVER WILL NICHT AUSPACKEN

»Hey da, Woodcarver, wie geht's denn so?«

»Oh, Sie sind's, Mr. Holmes, schön Sie zu sehen! Mehr schlecht als recht geht's mir, Mr. Holmes, mehr schlecht als recht.«

»Sagen Sie einmal, Woodcarver, haben Sie vielleicht Miles Pembroke in letzter Zeit gesehen?«

»Hab ich, Mr. Holmes, hab ich. Der ist doch ein Laufbursche von Professor Moriarty? Den seh ich oft in ein bestimmtes Pub hier im Viertel gehen. Aber in welches Pub, das verrat' ich nicht, Mr. Holmes.«

19

DAS PUB

*»Nun rücken Sie schon mit dem Namen des Pubs heraus, Woodcarver.
Sie bekommen als Belohnung einen blitzeblanken Schilling.«*

*»Nee, nee, Mr. Holmes. Will wirklich keinen Ärger mit Professor Moriarty
und seinen Leuten kriegen. Ich schreib' Ihnen nur die Buchstaben auf.
Wie das Pub heißt, müssen Sie selbst rausfinden.«*

Jacob Woodcarver überreicht Sherlock Holmes einen vergilbten Zettel. Der Anfangsbuchstabe des englischsprachigen
Pubs ist hervorgehoben. Nun muss der nächste Buchstabe
jeweils waagerecht oder senkrecht gelesen werden. Können
Sie Sherlock Holmes mitteilen, wie das Pub heißt?

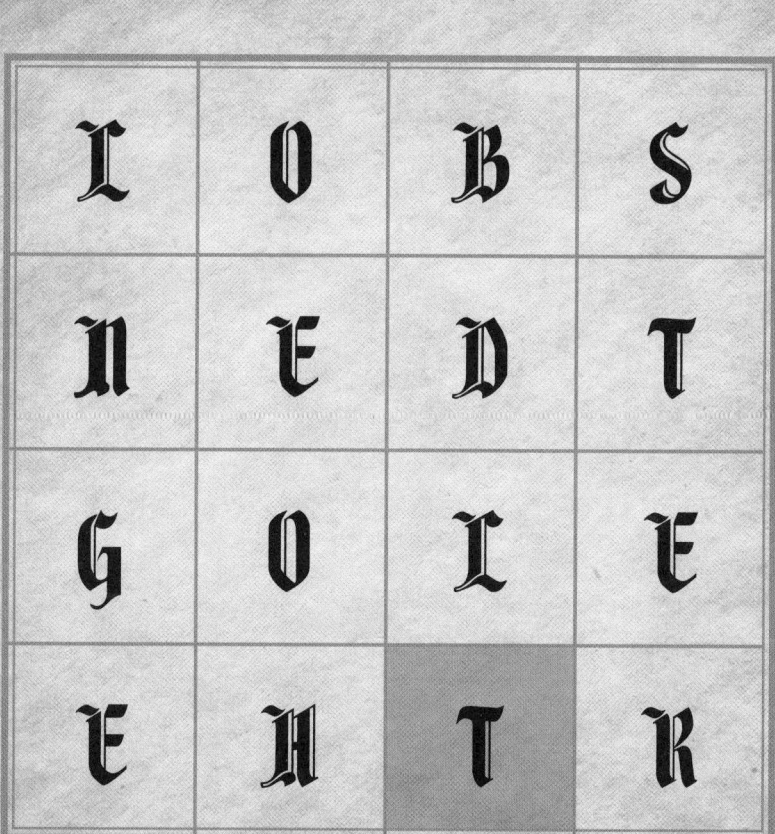

GETRENNTE WEGE

»Das ist das Pub, Watson. Lassen Sie mich allein hineingehen, um mit dem ein oder anderen zu reden. Versuchen Sie inzwischen hier im Viertel weitere Informationen über den Verbleib von Miles Pembroke zu erhalten. Bis später!«

SHERLOCK HOLMES SPENDIERT EIN PAAR DRINKS

»Hicks! Ist wirklich sehr nett von Ihnen, dass Sie mir so viele Drinks spendieren, mein Herr. Hab's eigentlich nicht nötig. Bin nämlich ein Mann von Moriarty. Schon mal gehört den Namen?«

»Der berühmte Verbrecher! Meinen Respekt! Noch einen Drink?«

»Gern ... Hicks!«

»Dann kennen Sie sicherlich auch meinen guten Freund Miles Pembroke?«

»Miles ... Hicks! ...Moment, mal! ... Jetzt erkenne ich Sie, Sie sind doch dieser Sherlock Holmes! Betrunken bin ich, aber austeilen kann ich noch. Nimm das! Leute, helft mir mal! Prügelt diesen Kerl durch! Ich werd' dir eine ... aua!«

»Halt! Sofort Schluss damit! Alle die Hände hoch!«

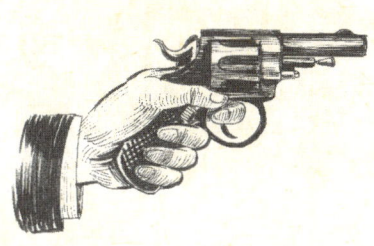

AUF DER FLUCHT

»Autsch! Autsch! Gut, dass Sie zumindest fast rechtzeitig gekommen sind, Watson, und sich mit dem Revolver Respekt verschaffen konnten. Meine blauen Flecke halten sich noch in Grenzen. Schade, dass mich dieser Typ erkannt hat, gerade als ich ihn fast zum Reden gebracht habe. Nun ist er entkommen! Los, Watson, hinterher!«

»Aber in welche Richtung ist er geflüchtet?«

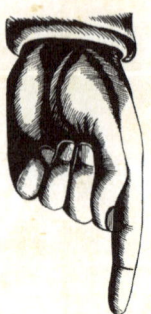

Führen Sie die Folge von elf Pfeilen (in Schreibrichtung, Startpunkt links oben) mit einem weiteren Pfeil logisch fort, um die Richtung angeben zu können, in die der Mann aus Professor Moriartys Bande geflüchtet ist!

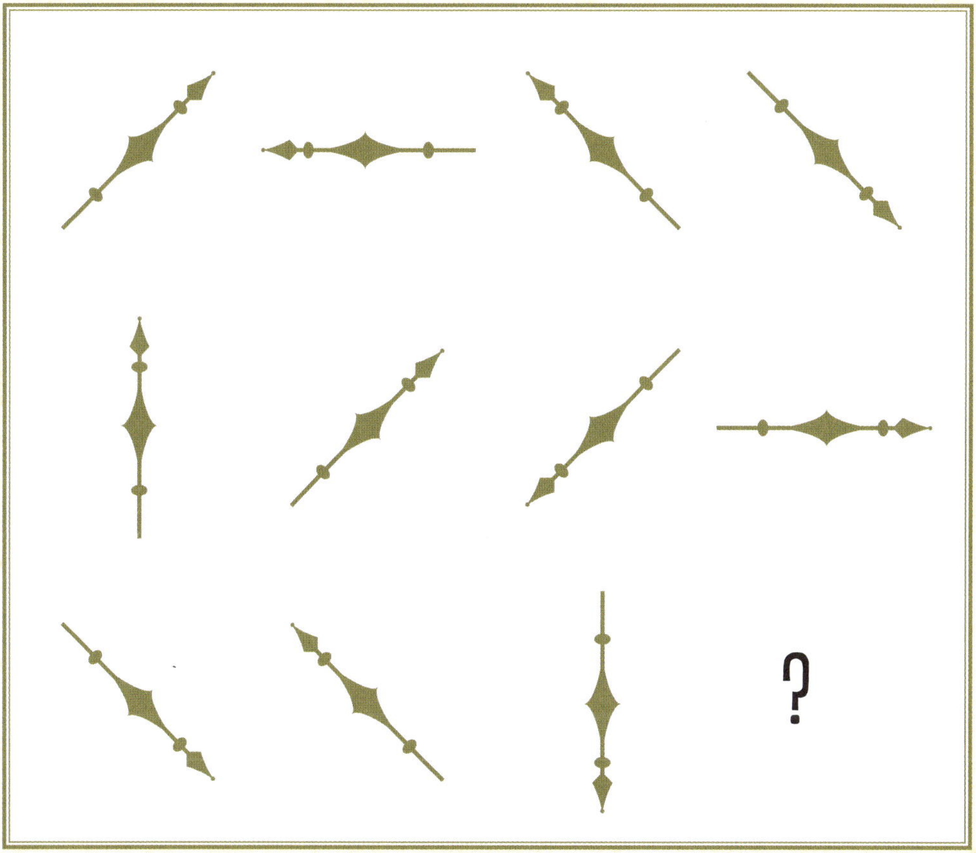

21

JAGD DURCH NACHT UND NEBEL

»Dort vorn läuft er! Durch Nacht und Nebel ist er kaum sichtbar, aber desto besser können wir seine Schritte vernehmen. Laufen Sie schneller, Watson, schneller! Sonst entwischt er uns womöglich.«

»Keuch!!! Ich kann nicht mehr, Holmes. Nur einen Moment. Sie wissen doch, die Verwundung, die ich mir damals in Afghanistan zugezogen habe. Ich bin kein junger Mann mehr ...«

»Schon gut, Watson, schon gut. Weit wird der Ganove sowieso nicht kommen, denn er rennt geradezu in eine Sackgasse. Geht es wieder?«

»Ja, Holmes, laufen wir weiter!«

» Wo ist er nun, Holmes? Aus dieser Sackgasse gibt es doch keinen Ausweg? Der Erdboden scheint ihn verschluckt zu haben.«

»Nicht ganz, aber fast, Watson! Sehen Sie mal dort: Dieser Kanaldeckel wurde herausgehoben. Ganz bestimmt ist unser gewiefter Ganove hinabgestiegen, um uns in den Gängen der Londoner Kanalisation zu entkommen.«

»So haben wir ihn verloren, Holmes?«

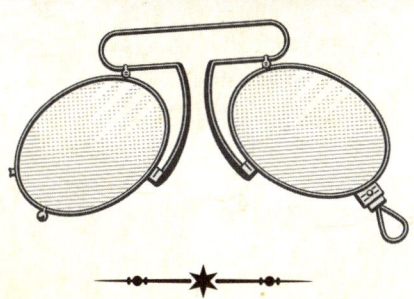

IN DER KANALISATION

»Ach was, wir werden doch nicht aufgeben, Watson! Ich habe eine Lampe dabei. Wir steigen ebenfalls in die Kanalisation hinab und setzen unsere Jagd auf den Ganoven fort. Ich habe das dringende Gefühl, dass er weiß, wo sich Miles Pembroke aufhält. Aber seien Sie auf der Hut, mein guter Freund! Die Londoner Kanalisation zieht nicht nur Ratten, sondern auch allerlei Gesindel an. Halten Sie Ihren Revolver stets griffbereit!«

Starten Sie mit Sherlock Holmes und Dr. Watson am Kanaldeckel links oben und finden Sie den flüchtigen Ganoven in den weitverzweigten Gängen der Londoner Kanalisation. Wenn Sie zu ihm gelangen, wird er den aktuellen Aufenthaltsort von Miles Pembroke nennen.

MILES AWAY

»Schon gut, Mr. Holmes, schon gut! Ich verrat's ja, denn gegen Professor Moriarty kommen Sie eh nicht an. Der Miles wollte aussteigen, aber denken Sie Professor Moriarty würde das zulassen? Er hält ihn in einem Haus in der Cannon Street gefangen. Die Nummer weiß ich nicht. Es ist ein gelbes Haus.«

IN DER CANNON STREET

»Tja, Holmes, die Cannon Street ist leider sehr lang und es gibt eine Menge gelber Häuser. Wie sollen wir nun bloß herausfinden, in welchem der Häuser Miles gefangen gehalten wird?«

»Bleiben Sie optimistisch, Watson! Wir gehen die Straße so lange unauffällig auf und ab, bis wir etwas Verdächtiges bemerken. Denn auf eines können Sie wetten: Miles befindet sich nicht allein in dem Haus, sondern er wird ganz bestimmt von einer Horde Ganoven bewacht. Dort vorn steht wieder ein gelbes Haus. Schauen wir uns an, ob uns etwas daran auffällt!«

»Wen haben wir denn da, Holmes? War das nicht gerade der grauenvolle Sebastian Moran, die rechte Hand Professor Moriartys, der mit der Kutsche ankam und soeben dieses Haus betreten hat?«

22

HAUS DES VERBRECHENS

»Welches Haus meinen Sie, Watson?«

»Na, dieses dort, Holmes! Und jetzt blicken Sie einmal zu diesem Fenster: Steht dort nicht Professor Moriarty in höchsteigener Person? Ich glaube, wir müssen dieses gelbe Haus des Verbrechens nicht länger suchen.«

Haus A, B, C oder D? In welchem der Häuser wird Miles Pembroke gefangen gehalten?

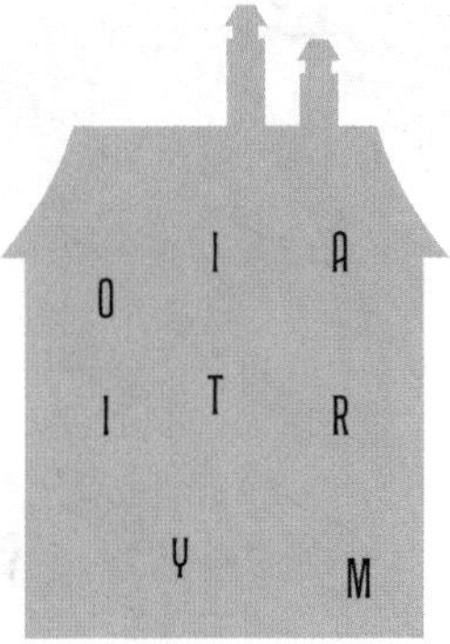

O I A
I T R
Y M

A

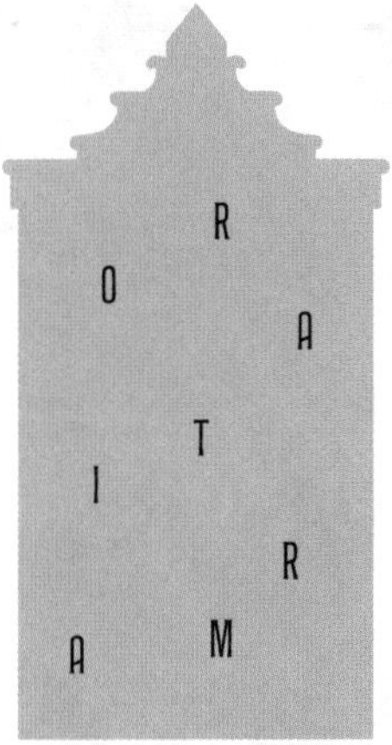

R
O A
I T
R
A M

B

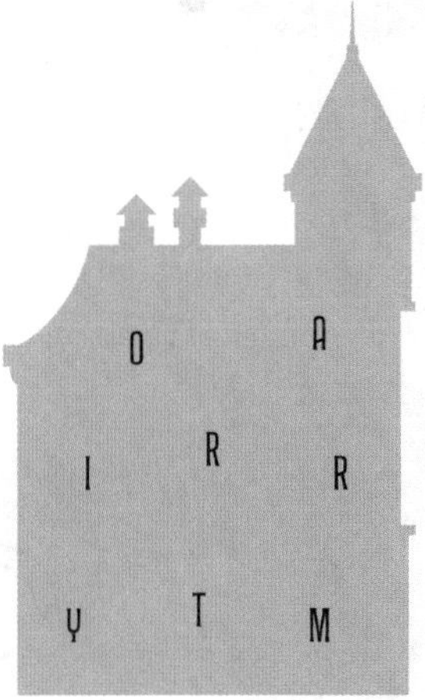

O A
I R R
Y T M

C

R
O A
I R
T
Y T

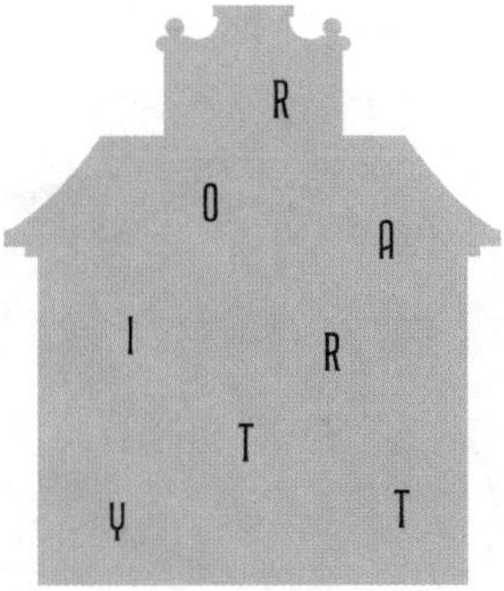

D

23

MORIARTY UND MORAN

»Was nun, Holmes? Sind wir wirklich klüger als zuvor? Denn die Polizei können wir nicht rufen. Und zu zweit dieses Haus stürmen, würde uns wohl nicht gut bekommen.«

»Zumindest haben wir den Nebel auf unserer Seite, Watson. Schleichen wir uns an das Haus heran und verschaffen uns durch die Fenster des Hauses einen Überblick. Selbst die Fensterläden sind nicht blickdicht. Wenn wir wissen, wo sich die Ganoven befinden, können wir an einer versteckten Stelle einen Weg ins Haus suchen.«

»Da, Holmes! Professor Moriarty und seine rechte Hand Moran brüten am Kaminfeuer über irgendwelchen Dokumenten. Jede Wette, die beiden planen ein neues Verbrechen! Doch darum können wir uns jetzt nicht kümmern.«

»Watson, haben Sie sich einen Überblick verschafft, in welchen Räumen sich die Leute Moriartys befinden?«

»Ja, Holmes. Es sind zehn Männer. Zu viele für unsere Revolver!«

ZEHN GANOVEN

»Aber die Männer befinden sich doch in unterschiedlichen Räumen. Und jener betäubt wirkende Mann – groß gewachsen, braunes, lockiges Haar, ein Muttermal über dem linken Auge – ist Miles Pembroke. Schauen Sie, dieses Fenster dort ist nur angelehnt. Da steigen wir ein und ziehen dem Ganoven in dem Raum eins über, bevor er seine Kumpane zu Hilfe rufen kann!«

In jedem umrandeten Bereich sowie in jeder Reihe und Spalte befindet sich genau ein bewaffneter Ganove. Markieren Sie deren Position, damit Sherlock Holmes und Dr. Watson in das Haus des Verbrechens einsteigen können. Vier Ganoven sind bereits eingetragen.

24

DIE BEFREIUNG

»Verdammt, Watson! Es ist Moran ... und er hat uns bemerkt. Schnell,
Watson, helfen Sie mir. Ah, schlagen Sie fest zu!«

»Nimm das, du Schurke! Und angenehme Träume, wünsche ich!«

»Gut gemacht, Watson! Moran ist für einige Zeit ausgeschaltet. Tragen wir
gleich Miles Pembroke nach draußen, er scheint stark betäubt worden zu sein.
Und dann bringen wir ihn mit einer Kutsche zu Mrs. Pembroke. Aber einen
Moment, Watson, ich muss noch kurz etwas erledigen!«

»Aber, Holmes, ich verstehe nicht. Wohin gehen Sie denn?«

»Nur still, Watson! In einer Minute bin ich zurück.«

FRÖHLICHE WEIHNACHTEN!

»Ich bin Ihnen so überaus dankbar, Mr. Holmes! Endlich ist mein Miles
wieder bei mir. Das ist das schönste Weihnachten, das ich je hatte. Wie kann
ich Ihnen nur danken?«

»Keine Ursache, Mrs. Pembroke! Mrs. Hudson serviert uns zum
Weihnachtsfest eine besonders große Gans, diese ist für uns Belohnung genug.
Und Ihr Sohn wird sich sicher bald wieder vollständig erholt haben.«

»Aber eines ist doch schade, Holmes. Dass nämlich in diesem Moment
Professor Moriarty und sein Handlanger Moran ebenso fröhlich
Weihnachten feiern können wie wir, und nicht bestraft wurden.«

BESTRAFUNG MUSS SEIN

*»So, denken Sie das, Watson? Davon gehe ich aber nicht aus.
Ich habe mir für dieses vermeintliche Genie des Verbrechens
nämlich längst eine Bestrafung überlegt.«*

*»Nun denn, Holmes, prosit und desto
fröhlichere Weihnachten!«*

Sie erinnern sich, dass Sherlock Holmes
im Haus des Verbrechens noch etwas
zu erledigen hatte? Das hatte mit der
Bestrafung Professor Moriartys zu tun.
Aber was tat der geniale Detektiv? Lesen
Sie die Lösung in Spiegelschrift – aber
ohne einen Spiegel zu Hilfe zu nehmen!

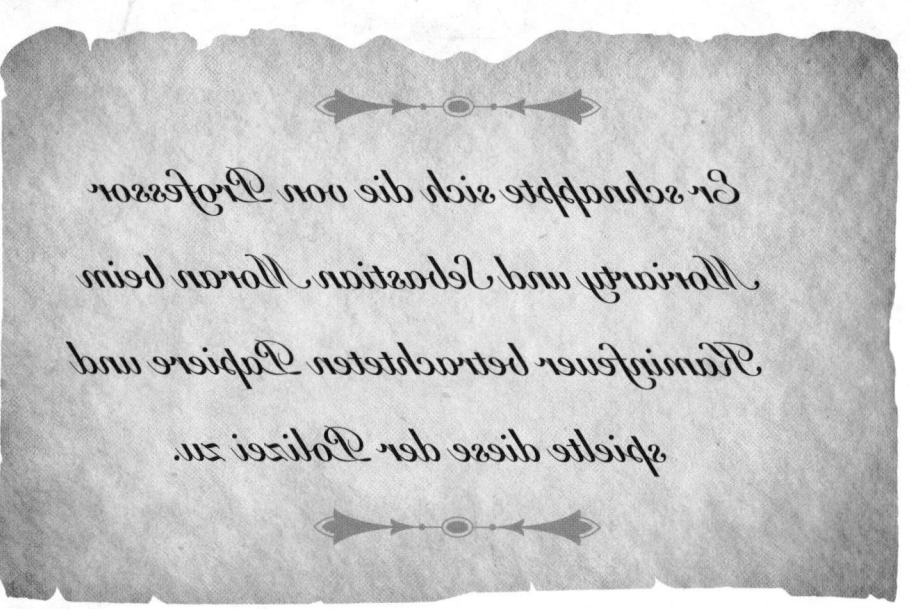

Er schnappte sich die von Professor
Moriarty und Sebastian Moran beim
Rankûne betrachteten Papiere und
spielte diese der Polizei zu.

Das Geheimnis der sechs Gläser

Lord Stratham wurde mit dem Gift der Maiglöckchen ermordet. Übrigens ist »Lily of the Valley« das englische Wort für Maiglöckchen.

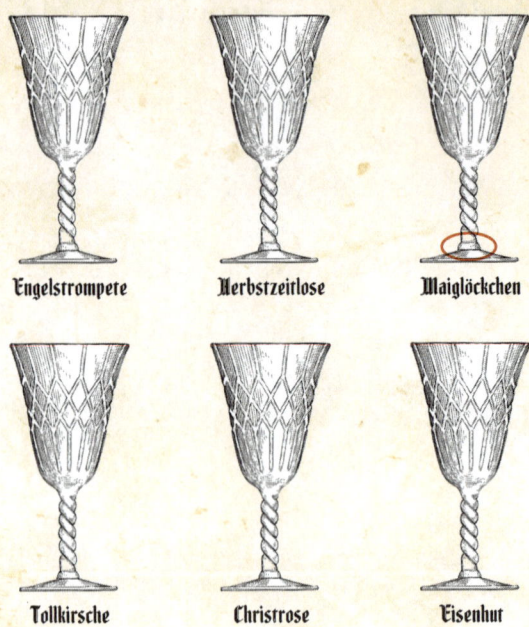

Engelstrompete   Herbstzeitlose   Maiglöckchen

Tollkirsche   Christrose   Eisenhut

Ein Tier in der Küche

Aus den drei Buchstaben A, C und T lässt sich das Wort CAT bilden, das englische Wort für Katze.

Das geheime Versteck

L	T	E	R	L	E	T	T	E	E	R	L	R	T	E
E	R	E	L	L	L	R	T	T	E	T	L	E	R	T
R	E	E	R	E	T	L	R	L	R	T	E	T	L	E
T	L	T	T	R	T	R	E	T	R	L	T	R	E	R
E	R	E	R	E	L	L	T	T	L	E	L	T	R	E
L	E	R	T	L	E	R	R	L	E	R	E	L	T	T
R	L	T	T	E	T	E	E	R	L	L	R	E	T	E
T	L	R	L	E	R	R	E	E	R	R	L	E	T	
E	R	L	L	T	E	T	R	T	R	E	R	T	T	L
L	T	E	L	R	R	E	E	R	T	L	T	E	T	T
T	R	T	T	E	R	R	T	R	T	E	R	T	R	E
L	E	E	T	R	T	E	T	E	L	T	E	T	L	L
E	R	T	E	R	T	R	E	T	E	R	E	T	R	R
T	L	L	R	T	I	L	K	L	E	T	L	E	R	
R	T	E	R	T	L	R	E	E	T	L	R	E	T	L

Die verschlüsselte Botschaft

Streichen Sie jeden zweiten Buchstaben, so erhalten Sie folgende Botschaft:

Hüte dich! Du hast einen unehelichen Sohn namens Jack. Er möchte an dein Erbe gelangen. Dafür geht er über Leichen. Ein Foto von Jack sende ich mit, aber es ist schon sehr alt. Alles Gute! Clara

Who is who?

Robert Archer

Jonathan Mercy

Unbekannter

Thomas Caldwell

Die Schlange im Schlafgemach

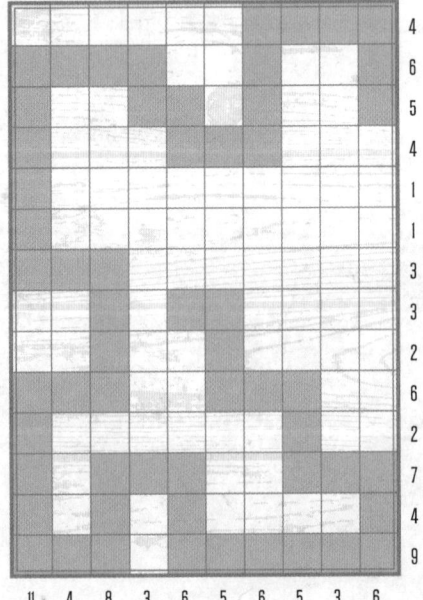

Der Name des Mörders

T	R	D	E	F	I	N	K
R	E	R	D	E	L	C	G
N	V	O	A	L	A	R	N
O	O	W	G	F	N	O	A
N	L	S	G	I	C	S	R
N	V	U	E	R	E	S	E
A	E	E	R	R	P	B	M
C	R	E	C	A	M	O	O
A	X	E	K	I	P	W	O
H	A	R	P	O	O	N	B

AX – BOOMERANG – CANNON – CROSSBOW – DAGGER – HARPOON –
KNIFE – LANCE – MACE – PIKE – REVOLVER – RIFLE – SWORD

Aus den übrig gebliebenen Buchstaben T, R, U, E, R und P bilden Sie den
Namen des Butlers Rupert. Er ist in Wirklichkeit Jack, der uneheliche Sohn
und Mörder von Admiral Lord Stratham.

Mörderjagd

K — R — E — R — K — K — I — I — K
L — L — R — L — E — I — K — L
K — L — R — I — E — L — I — L — L
E — L — I — K — L — L — L — L — I
I — L — L — L — I — L — L — L — L
L — K — R — K — I — L — L — I
I — R — K — L — L — E — K — L — K
K — K — K — L — K — K — I — I
I — L — L — K — K — I — I — L — K
L — L — L — I — **R** — L — I — L
L — R — K — L — **E** — L — I — R — R
L — R — L — K — **L** — I — K — L
L — K — K — L — R — **L** — E — R — L
L — L — R — K — K — **I** — K — L
R — L — I — E — I — E — **K** — I — K
K — L — K — L — K — L — R — R
K — I — L — E — L — L — L — L — E
L — L — E — K — K — K — L — L
I — R — I — E — L — L — I — L — R
E — L — L — L — L — K — E — L
K — I — L — L — L — R — L — K — R

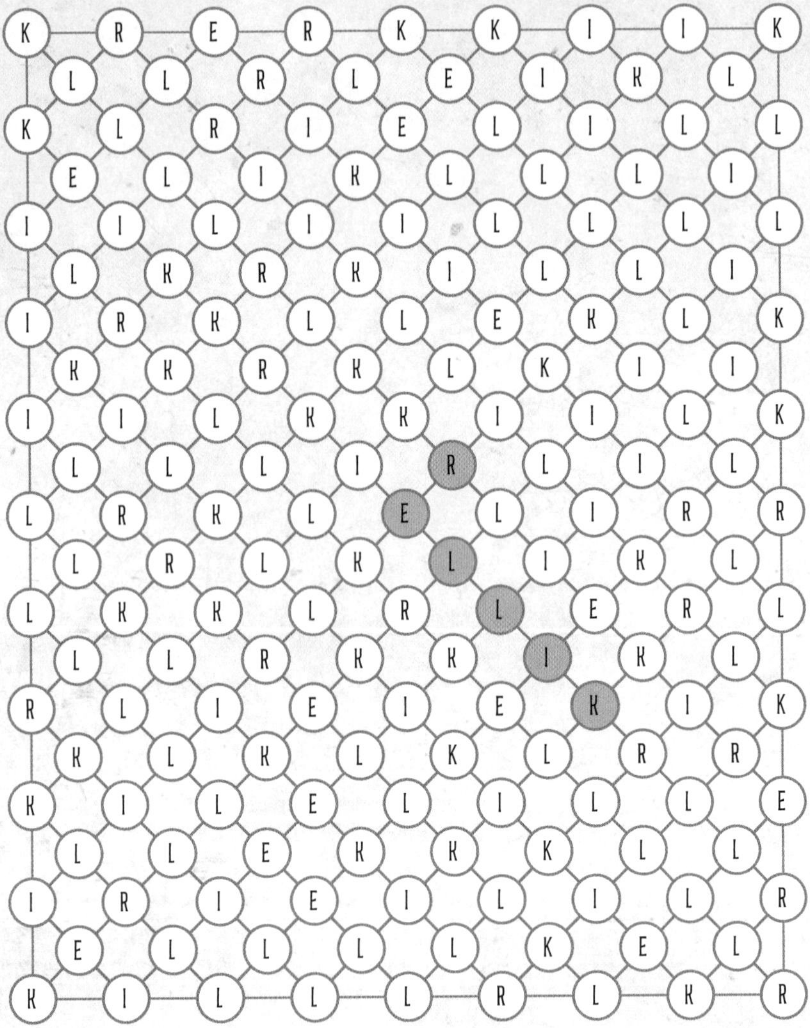

9

Eine Persönlichkeit, die zählt

RY + HE = AA → 51 + 37 = 88

HW + NW = MW → 30 + 60 = 90

MH – TE = NN → 93 – 27 = 66

YW × R = RW → 10 × 5 = 50

ST × H = YTN → 42 × 3 = 126

SN : T = TH → 46 : 2 = 23

E + N + R = YA → 7 + 6 + 5 = 18

Y × H × R = YR → 1 × 3 × 5 = 15

HH – M = TS → 33 – 9 = 24

RS : N = M → 54 : 6 = 9

A	8
E	7
H	3
M	9
N	6
R	5
S	4
T	2
W	0
Y	1

37651 98223704 → Henry Matthews

Die sechs Tatorte

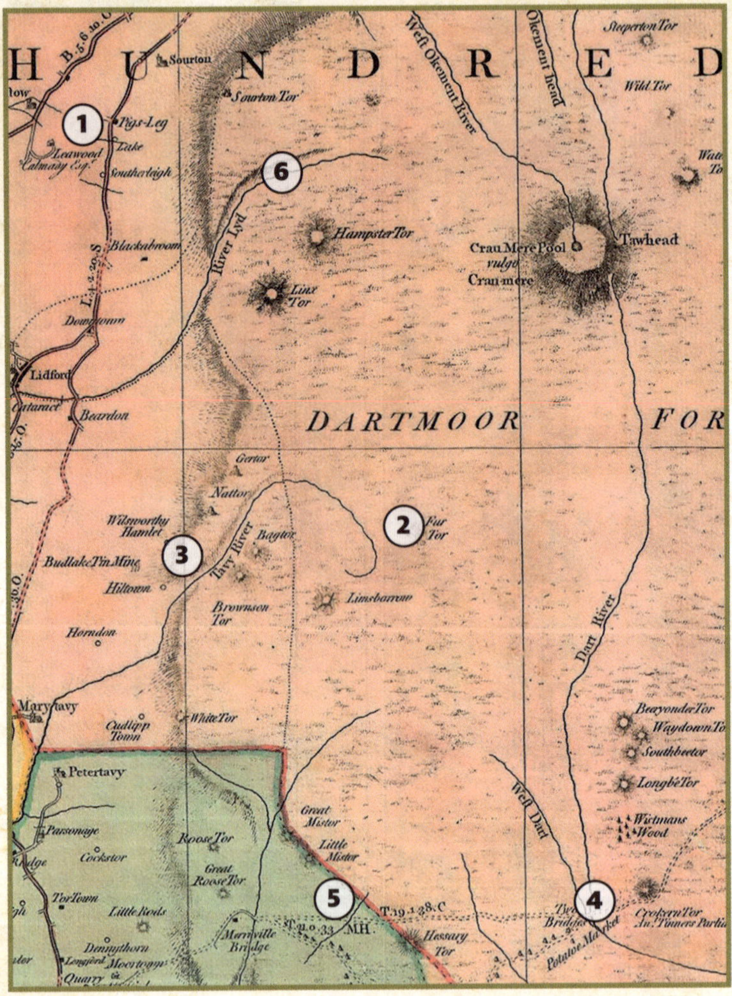

Rundgang im Nebel

Der Todeszeitpunkt

Zu ergänzen ist die Zahl 11, Lady Olivia wurde also um 11 Uhr ermordet. Die Zahlen geben die Position von Buchstaben im englischen Alphabet an, das dem modernen lateinischen Alphabet entspricht. Die Buchstaben ergeben den Namen SHERLOCK.

19	8	5	18	12	15	3	11
S	H	E	R	L	O	C	K

13

Auf kleinem Fuß

Schuhabdruck D ist das gespiegelte rechte Gegenstück.

Zwei und zwei

Das Rosshaar entstammt einem VIOLIN BOW – einem Geigenbogen.

1 **V**ICTORIA
2 **I**RELAND
3 **O**RANGE
4 **L**OVELACE
5 **I**SLINGTON
6 **N**EWMAN
7 **B**OWLER
8 **O**LIVIA
9 **W**ESTMINSTER

Verdächtige Gebäude

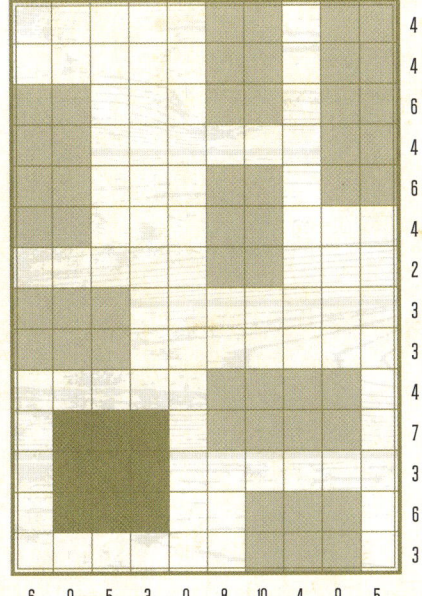

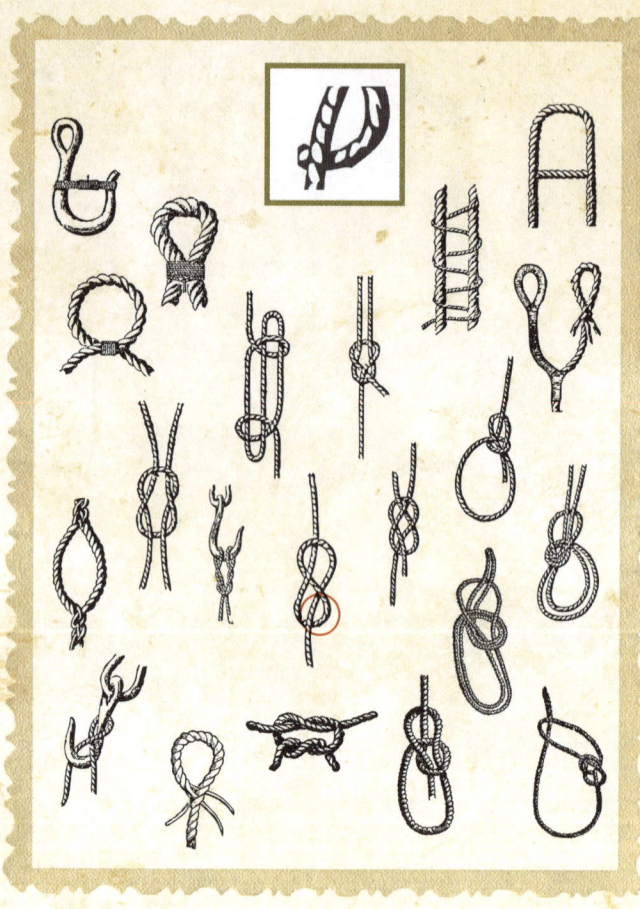

Spurensuche in London

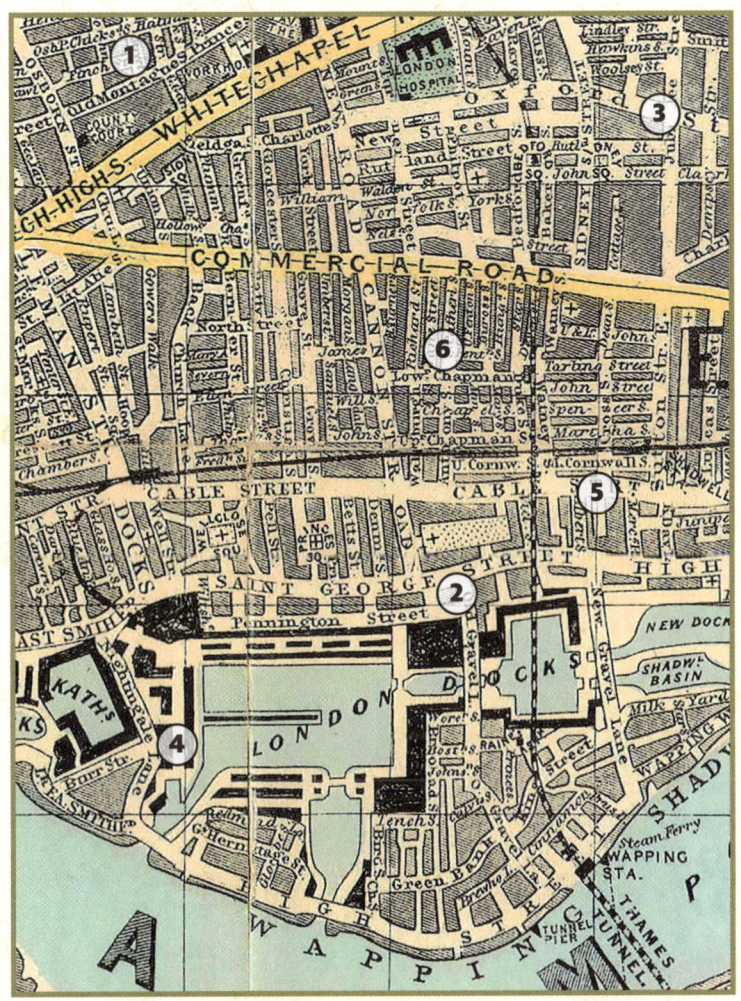

1 Montague

2 Saint George (heiliger Georg)

3 Oxford

4 Florence Nightingale

5 Cornwall

6 Richard

Wo ist der Revolver?

		1	2	3	4	5	6	7	8	9	10	11	12	13	14	15	16	17	18
							1	1											2
						4	1	2	1	1									2
		7	7	7	7	7	7	6	16	15	19	19	19	18	15	22	22	20	3
	4																		
	4																		
	3																		
	3																		
	3																		
	3																		
	3																		
	7																		
	13																		
1	8																		
1	8																		
1	8																		
1	8																		
	12																		
	11																		
	11																		
	11																		
	11																		
	10																		
	10																		
	9																		
	9																		
	6																		
	13																		
	13																		
	12																		
	11																		
	9																		
	8																		
	6																		

19

Das Pub

Das gesuchte Pub heißt »The Golden Lobster« (»Der Goldene Hummer«).

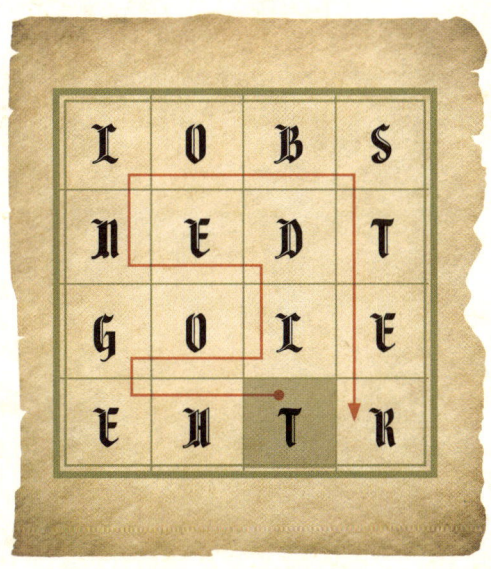

20

Auf der Flucht

Die Pfeile bewegen sich abwechselnd um drei Achtel gegen den Uhrzeigersinn, ein Achtel im Uhrzeigersinn und weitere vier Achtel im Uhrzeigersinn.

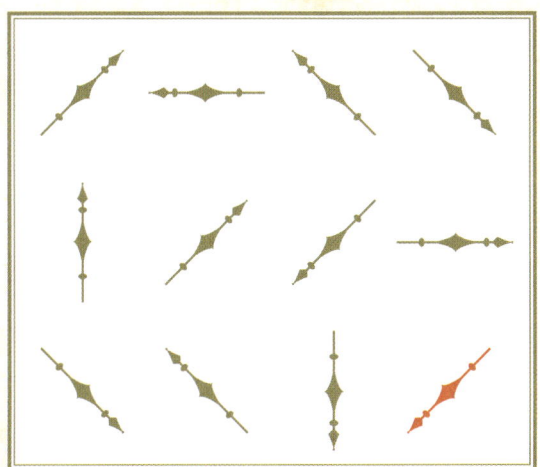

In der Kanalisation

Haus des Verbrechens

Miles Pembroke wird in Haus C gefangen gehalten. Nur aus den in diesem Haus abgebildeten Buchstaben lässt sich der Name MORIARTY bilden.

23 Zehn Ganoven

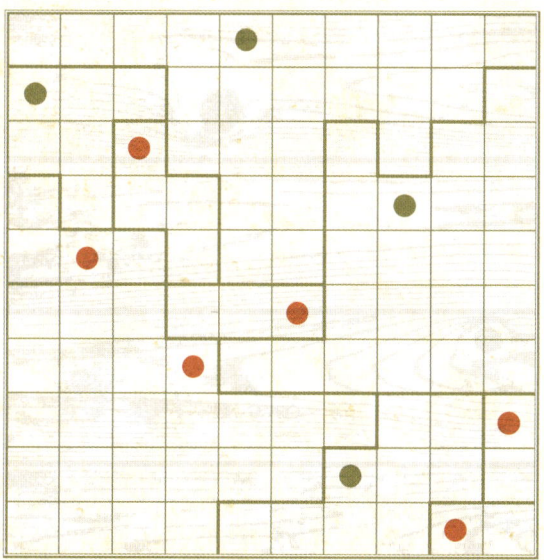

24 Bestrafung muss sein

Er schnappte sich die von Professor Moriarty und Sebastian Moran beim Kaminfeuer betrachteten Papiere und spielte diese der Polizei zu.

BILDNACHWEIS